JN034649
恋をする。
Even a replica falls in love
榛名丼
【イラスト】
raemz

「愛川さんが……笑った！
愛川さんが
笑った！」
吉井
愛川素直

真田秋也
佐藤梢
素直の、修学旅行。

「アキくんへル交代！」
はじめての、
修学旅行。

「すっごく、すっごく、
分かりにくいよ、
素直」

「ごめんね。
今までたくさん、
本当に、ごめん」

Even a replica
falls in love

レプリカだって、恋をする。

Even a replica falls in love

榛名丼

［イラスト］raemz

Contents

第1話　レプリカは、転がる。

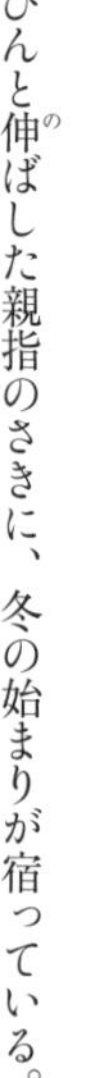

ぴんと伸ばした親指のさきに、冬の始まりが宿っている。つついて弾けば、白く凍てつくような冷気が漏れだして、あっという間に真冬の季節が訪れる。天井には氷柱のシャンデリア、床は一面のスケート会場。ベッドは寒々しい氷の棺に成り果てて、徹夜の吸血鬼さえ近づくのを厭うほどだ。

雪の結晶が降り注ぐのを見上げながら吐く息は白く、手足はかじかむばかりで、私はぶるぶると身体を震わせている。頭や肩に積もる雪を払うのすら億劫だから、このまま雪だるまになれたら具合がいい。庭の倉庫で眠っている赤いバケツを被ってしまえば、どんな角度から見ても立派な雪像ができあがるだろう。

……そんな冬のフェアリーテイルが立ち寄ることはなく、生身の私はじめじめとした生ぬるい部屋の隅っこで、壁に背をもたせかけて座っていた。伸ばした両足は素足だった。今朝、素直が靴下を穿く前に私を呼んだからだ。そうじゃなければ、靴下を穿いていただろう。

温暖な気候に恵まれた静岡といえども、十一月となると冷え込んでくる。今日は昨晩からの雨のせいか特別肌寒い。しかし明日はきっと晴れるのだろうし、どんなに寒くなったって、静岡県中部に雪が降ることは滅多にない。

　窓の外からは、ざぁざぁざぁと、雨の音だけが絶えず飛び込んでくる。

　お天気アプリも、天気予報も見ていないから、午後は晴れ間が覗くのか、それとも土砂降りになるのか、雷が鳴るのか、私は知らない。

　なんにも知らなくても、部屋にいるだけなら困らない。空から隕石が落ちてきて屋根が崩れ去らない限り、冷たい雨粒にこの身を打たれることはないのだ。

　愛川素直のレプリカ。便利な身代わり。

　私に与えられたふつうの高校生のような日々は、呆気なく終焉を迎えた。

　宣言通り、五日前……十一月五日の金曜日から、素直は再び学校に登校するようになった。

　いつもと違うことは、ひとつだけある。素直は学校に行っている間も、私を呼ぶようになったのだ。

　土日は両親と鉢合わせになる可能性があるので、今までと同じく私は呼ばれない。けれど平日の朝から夕方までは、なぜか地上に留まることになった。

　家を守る番犬のように。もしくは木彫りの熊のように。あるいは、自由のないかごの中の鳥のように。

　その間、素直が私に何かを命じることはない。行ってきますを言う制服姿の素直を、同じ格好をした私は、黙って見送る。それだけだった。

数分か数十分、それとももっと前、地上からは雨音に紛れてスタンドを蹴る音がした。クリーム色のレインコートを着込んだ背中は、もはや素直本人かどうかも私の目には分からなかったが、その人物はターコイズブルーの自転車に跨がり、あっという間に遠ざかっていった。

一部始終を窓から眺めれば、それで私のつまらない役割は、今日も終わりを迎えてしまった。

私はお腹が空いたらたまに一階に下りて、お湯を沸かしたり、鍋を火にかけたり、レンジでチンしたりする。味ばかりが濃いラーメンや焼きそばやパスタをもぞもぞと食べたりする。

今日は冷凍うどんにした。チンして、お湯で割っためんつゆをかけたら、あとはすするだけ。リビング兼ダイニングでは洗濯物が部屋干しされていて、鼻先に生乾きのにおいがまとわりついてきた。シンプルすぎるうどんの味は、そのせいでよく分からなくなった。

壁の時計を見ると、午後三時を過ぎたところだった。学校では六限の真っ最中だ。

食事を終えた私は二階に戻って、また壁際に寄りかかってぼんやりとする。

これは、素直が私に課した拷問ではないか、とすら思う。

地団駄を踏んで悔しがれ。自分はレプリカなんだと思い知れ。痛感しろ。

これは素直からの、そんなメッセージなのか。それとも別の意図があるのか、私には分からない。正しくは、考える気力がない。

彼女が消えたあの日から、ずっと。

「リョウ先輩」

虚空に呼びかけてみても、返事はない。

五日前、前生徒会長である森すずみ先輩とのお別れ会が、体育館で開かれた。私は素直の記憶を通して、それを知っている。

たくさんの人が彼女の死を悼み、早すぎる別れを嘆いた。

抱き合って泣きだす友人たち。彼女たちが懸命に押し殺そうとする嗚咽が、洟をすする音が、涙に濡れる呼び声が、素直の鼓膜を雨粒のように連続して叩いていた。全校生徒分の湿ったメッセージカードが、白い箱に納められていった。

すずみ。もりりん。森。森会長。もりりん先輩。と、ひとつひとつ音の違う雨音は、どれもそれぞれの悲しみを抱いて体育館中に響いていたけれど、その中にリョウ先輩の名前はひとつもなかった。

すずみ先輩のレプリカであるリョウ先輩のことを、多くの人は知らないままでいる。今までも、これからも。青陵祭のステージで、あんなにも美しく輝いていた人のことなのに。

目頭が熱くなる。絨毯に横になる私の頬を、一筋の涙が流れていった。

頬とこめかみの間を伝っていった水滴が、耳の穴や、もともと湿っぽい髪の中に混じっていく。反射的に背筋がぶるりと震えても、手を動かして拭うのが面倒でそのままにしておいた。

掠れた声音が、歯の間から漏れ出る。

「リョウ先輩。私、学校行けなくなっちゃいました」

たぶん、もう二度と、行けない。

私はこの一か月間、夢を見ていたんじゃないだろうか。学校に通い続けて、青陵祭の準備に励む夢。たくさんの人と知り合い、笑い合う夢。

りっちゃんと再会したこと。アキくんと出会ったこと。望月先輩たちと演劇をやったこと。下界から閉ざされ、牢獄と化した四角い箱の中では、私が大事にしてきたすべてが泡沫の夢と消えていく。

分厚い絨毯の上で、膝を引き寄せて丸くなる。お母さんのお腹の中にいたことなんてないのに、生まれる前の赤ん坊に戻りたがるみたいに。

スカートに変な皺がついたところで、構うものかと思う。私がどんなに制服を汚しても、素直が困ることはない。私が消えてしまえば、着ていた制服だって一緒に消えるのだ。

私は、シャトルランを走らなくていい。

私は、難しいテストを受けなくていい。

もう私は、何もしなくて良くて。

そしてリョウ先輩のいない学校に行かなくていいんだと、心のどこかで安堵を覚えてもいる。

相反する自分を感じながら、今日も硬い床で目を閉じる。その弾みに瞳の中から追いだされた涙が溢れ、勢いよく流れていった。

雨は、いつまでも降り続けている。

素直が学校に行きたくない気持ちに、私は初めて、触れたような気がした。

私は、保健室で眠ったことがない。

身体測定とか、体育の授業でちょっと膝をすりむいたときなんかに寄ることはあるけれど、保健室のベッドを借りたことは一度もなかった。

私は、というより、だいたいの人はそうかもしれない。でも、私が保健室を利用しないのは自室があったからだ。頭が痛い日も、お腹が痛い日も……私は家から一歩も出ないで、慣れ親しんだベッドで横になることができた。

だからといって私の場合、他の生徒のように学校を休んだことにはならない。

私には、便利な身代わりがいる。体調や気分が優れなくても、代わりに学校に行ってくれる私。いつだって言うことを聞いてくれる、私。

だから保健室を必要としなかった。これは、それだけの単純な話だった。

ドアをノックしても、室中から返事はない。しかし目当ての人物が登校しているのは知っているので、遠慮なく踏み込むことにした。

昨夜から降り続ける雨のせいで湿った廊下を、上靴のつま先で蹴って入室する。とたんに、ほのかな消毒液のにおいを鼻先に感じた。

保健室の先生は朝の会議でも長引いているのか、留守にしているらしい。私は構わず、三つ並んだベッドの奥、窓際のベッドへと歩み寄った。

「真田」

確信をもって呼べば、唯一閉められた白いカーテンの向こうで、ぼんやりとしたシルエットが震える。ぴったりと隙間なく閉めきられているのが、本人の心情を窺わせる。

誰も近づくな。構うな。そんな拒絶の意思が。

「真田、いるんでしょ?」

遠慮がちに開いていくカーテンの先を、私は見つめていた。私だってそれなりの緊張はしていたが、おくびにも出さなかったのは、相手のほうが心をざわつかせていると知っていたからだ。

五月ぶりに顔を見る。白いYシャツ姿の真田秋也は、上半身をベッドから起こしていた。

真田は、心細そうだった。彼にも私と同じように、自室という逃げ場所があったのだ。そこから出てきた青白い顔はどこか後ろめたそうで、居心地悪そうにも見えた。

「愛川……、おはよう」

大して仲のいい相手でもないのに、前髪の隙間から私を見た真田は、安堵したように肩の力をわずかに抜いた。

真っ黒い短髪と、同じ色の瞳。太い眉毛や広い肩幅は男らしいのに、小さなベッドからはみ出さないよう窮屈そうに身体を縮めているような、そんな印象があった。

味気ないパイプ椅子を引き寄せて、腰を下ろす。真田はぼんやりと、そんな私の動作を見つめている。

ベッド脇のスツールには、きっちり畳まれた学ランとリュックが並んでいる。私はそれを見るとはなしに見ながら、湿り気を帯びた髪の毛を耳にかけた。

「久しぶり。っていうのも変か」

「……そうだな。何度か電話もしてたし」

うっすらと真田が微笑む。

バスケ部のエースとして活躍していた頃より、ずっと静かな笑みだった。もしここが教室であったなら、賑やかな笑いと喧噪の渦に巻き込まれて足元に転がっていってしまうような、力のない笑みでもあった。

「今、クラスは修学旅行の班決めしてるとこ」

「そっか」

会話は弾まない。視線もほとんど合わない。電話のようには、お互いうまく喋れていない。

私たちは、ぽつぽつと、窓を濡らす雨粒よりもまばらな会話を続ける。

「久々に顔見せたら、親に心配されたよ。顔色悪いって。今日は学校休んだほうがいいんじゃないのか、って」

「そもそも、昨日まで休んでたのにね」

真田は自室に引きこもっていた。家族の前にしょっちゅう姿を見せ、休まず登校していたのは彼のレプリカのほうだ。

軽口を叩いてから、しまったと思ったのは、デリケートな領域に踏み込んだ感触があったからだ。焦って顔色を確認するが、真田は無理しているという感じでもなく、変わらず笑みを浮かべていた。

「うん。なんかおかしくて、ちょっと笑えた。……青陵祭、大変だったって?」

「アキ、から訊いたの?」

「それもだし、バスケ部の友達からも」

そうなんだ、と私は舌の上で言葉を転がした。

青陵祭二日目の、お疲れ様会。

私は、その場にいたわけじゃない。ナオからも詳しく聞いていない。それがどんなものだったのかは人づてに知るだけだったが、話に聞くだけでも、一連の出来事が全校生徒に与えた衝撃や困惑は途方もなく大きいものだったのだろうと、容易く想像がついた。

人間ひとりの消失。そして、死。

同じ学校に通っている生徒が死ぬ、というのは、言うまでもなく衝撃的なことだ。故人と身近で、友人だったなら、余計にそうだろう。

森すずみは生徒会長を務めていたため、一般生徒に比べれば知られた存在だった。他校でも話題になるほど優れた手腕を持つ、目立つ会長だった……というわけではないが、気立てが良く、学校の成績は優秀で、本人も目立つ容姿の華やかな美人。その三拍子が揃えば、周りに慕われるのは必然といえる。

彼女は体育館での挨拶の最中、着ていた制服や上靴だけを残して忽然と姿を消した。衆人環視の中、ひとりの人間だけがどこへともなく消えてしまったのだ。

そして二日間の代休と祝日を経た、十一月四日。彼女の死が全校生徒に伝えられた。どうやら私は、他の生徒に比べて前会長に近しい二年生だと認識されていたようだ。気を落とさないでというようなことを教師から言われたり、クラスメイトから声をかけられたりした。曖昧に頷く私の反応を、彼らは悲しみを懸命に堪えているものと受け取ったようだった。

でも、そうじゃない。私は知らなかった。

前会長のこと。おそらく彼女に代わって学校に行っていたレプリカのこと。オリジナルが死ねば、レプリカも消えること。そんなレプリカの先輩と、ナオが深い関わりを持っていたこと。

ナオが文芸部存続のために、演劇部と合同で劇をやることは知っていた。青陵祭の一日目には、掲示板に貼られたポスターを見かけてもいたし、訪ねた文芸部では、りっちゃんからも大まかな話を聞いていた。

今になって思い返せば、学内に撒かれたビラについて、ナオが不安げに口にしたことがあった。あのとき、私は少しも気に留めていなかった。それよりも優先すべきことがあったからだ。そんな私の無関心が、新たなレプリカのことを打ち明ける気をなくさせたのだろうと、うっすらと想像はついた。

でも事前に事情を知っていたからといって、果たして私は、何か変わっていたのだろうか。近しい人との突然の別れに傷ついたナオに、寄り添えていただろうか。泣き腫らした目で帰ってきたナオを、慰めてあげられただろうか。どんなに想像してみても、そんな気遣いができる自分の姿は、目蓋の裏でさえ思い描くことができなかった。

今朝、学校側は、延期していた青陵祭の表彰について中止するとだけ発表した。この空気の中、最優秀賞のクラスを発表して、壇上でご褒美のくじを引かせたとして、誰も心からの笑顔になることはない。そう教師たちが結論を出したのは明白だった。

例年のように派手に行う打ち上げも、記念撮影もなく、今年の青陵祭は終わっていった。すべての喜びが吹き飛ぶだけの衝撃と悲しみが、病のように蔓延したまま。

その影響は、お別れ会から五日が経った今も色濃く校舎全体に漂っている。でも私はそれを感じる一方、青ざめた校舎をどこか冷めた目で眺める自分にも気がついていた。

おそらく、長くは続かない。

来週から、二年生は二泊三日の修学旅行に旅立つのだ。言わずもがな、高校生活を代表する大きなイベントである。亡くなったのは三年生であり、当事者意識が希薄な二年生はいつまでも引きずる理由が、薄い。

修学旅行を経れば、二年生の中のわだかまりのようなものは完全に去っていく。少し遅れて一年生が、そして三年生も、ひとりの生徒の死を完全に過去のものとしていくだろう。

きっと、それを薄情だと言う人がいる。不義理だと罵る人も。

でも辛いことを忘れていくのは何も、悪いことじゃない。悪じゃない。

私が考えを巡らせる間も、真田はずっと黙ったままだった。俯きがちになり、唇を引き結んでいる。何かをじっと耐えるような、そんな顔をしている。

気になって、私は声をかけた。

「大丈夫？」

安直な第一声。これだから私はだめなんだな、と他人事のように思った。

息が詰まって、続く言葉が出なくなる。そんな私の変化に気がつくことなく、真田が答えた。

「まだ、ちょっと」

緊張してて、と掠れた声で真田は言う。

ちょっとどころではなさそうだ、と私は思う。だが、真っ向から指摘しては単なるいやがらせだろう。

真田秋也は、最後に見かけた五月よりずっと、弱々しい人間になっていた。

しばらく人前に出なかった人間というのは、こんなにも自信を失って、畏縮するものなのだ。こうしてひとりで保健室にやって来ただけでも、相当のがんばりが必要だったはずだ。労りの言葉を投げようとして、私はやはり、中途半端に唇の動きを止めた。

人を励ますのも、私には向いていない。たぶん余計に真田は気負ってしまうか、不快な思いをするだろう。それなら、何も言わないほうがマシだった。

黙っていると、室内の沈黙を突き破るような勢いで保健室のドアが開いた。

「おっす！　おら吉井！」

確認するまでもなく、大声でふざけた名乗りを上げた人物は吉井だった。

同じクラスのお調子者だ。とにかく底抜けに明るく、裏表がない性格をしているからか、男女とも友人が多く、他のクラスの生徒ともよく話している。分かりやすくいえば、バレンタインに大量のチョコレートをもらって大はしゃぎするが、そのすべてが義理。そんなタイプの男子である。

私たちと目が合うなり、吉井は口笛を吹く。無駄にうまいのが癪だった。

「やっぱ真田ここにいんじゃん。おれの勘、大当たりだわ」

「ちょっと。ノックくらいしてよ」

ベッドの上で真田が身を竦ませているので代わりに注意すると、ずかずか入室してきた吉井が目をしばたたかせた。

「なになに。今日の愛川さん、ご機嫌斜めじゃん。おばけ屋敷ではかわいい声出してたのに」

「は？　気持ち悪」

「くぅっ。この切れ味、まさに愛川さんって感じだわー」

くねくねしながら二の腕を擦る仕草を見せつけられ、私は辟易した気持ちにさせられる。

教室内では前後の席だが、吉井と話したことはほとんどない。交わした言葉より、回されたプリントの数のほうが多いくらいだ。

もともとはナオも同じだったはずだ。教室では普段の私と同じように、あまり積極的に喋らないでと指示してある。

しかし青陵祭準備期間ともなると、そういうわけにはいかなかったらしい。吉井とそこそこ親しくなったのは聞いていたが、こういうときはいつも困ってしまう。

彼らの目に、ナオじゃない私はどんなふうに映っているのだろう。

それを私は、絶対に知りたくなかった。

うざったく絡んできた吉井が、ふいに私から視線を外す。彼は私の後ろ側ではなく、わざわざ窓側からカーテンを捲り上げて侵入すると、真田が座るベッドに頭から飛び込んだ。

「ダーイブ！　おおっ、保健室のベッドってけっこう気持ちいいのな」

それまでぽかんとしていた真田が、急に接近されて目に見えて動揺していた。

雨の日に捨てられた子猫のように、かわいそうなくらい怯えている。吉井の態度に戸惑っている。その震えは、厚いかけ布団越しでは吉井まで伝わらなかっただろうが。

「そうそう、真田。ちょっといい？」

「えっ」

呼びかけられた真田の目が、縋りつくように私のことを見る。助け船を出したほうがいいだろうかと一瞬悩んで、やめた。

「真田さぁ。お前さぁ」

「え、なに……」

どうして保健室に登校しているのか。教室に来ないのか。そう責められることを、何よりも真田はおそれている。

吉井はちらりと私を一瞥し、笑いながら囁いた。

「まさかとは思うけど、保健室で愛川さんとエロいこと……してないよな！」

それは囁き声ではあったが、目の前にいるのだから、当然私の耳にも届いていた。

怒る気も起きない、幼稚さを極めたからかいである。呆れた私は溜め息を吐いた。面食らっている真田の肩を、起き上がった吉井はふざけて肘でつついている。

「だってお前と愛川さん、マジでいい感じっぽいじゃーん。親友の目を騙そうたってそうはいかないからな！」

うざ絡みしていた吉井が、そこで何かに気がついたような顔をした。

「それともマジで今日、体調悪いん？　だとしたらおれ、めっちゃ迷惑じゃね？　お詫びにこのまま添い寝する？　しちゃいます？」

馴れ馴れしい吉井の態度を前に、しばらく真田は黙り込んでいた。

俯きがちの表情が、見る見るうちに合点がいったそれに変わっていく。私は目を細めた。ようやく真田も気がついたらしかった。

　確かに真田秋也は、ずっと家に引きこもっていた。

だが、周囲にとっては違う。骨折した五月から入院していた秋也は、退院後、何事もなかったように六月中旬から学校に復帰している。自身にひどい傷を負わせた先輩すら、バスケの直接対決で圧倒的な実力を見せつけて黙らせた。そういう認識が、当たり前なのだ。

　それに気がついてしまえば、事は簡単に運ぶ。

真田は周囲の目に怯えることなく、当たり前のように振る舞えばいいのだ。最初から、誰も奇異の視線なんか向けたりしていないのだから。

「……うるせぇよ。お前の添い寝とか、誰が喜ぶんだ」

真田は顔を顰めて、自然な感じで吉井に返す。語尾がわずかに震えていたが、吉井は気がつかなかったようで、にやりと笑う。

「おーおー。調子出てきたじゃん。やっぱサボりだったか」

　そこで、がらり、とまたドアが開く。

「失礼しまーす」

誰かと思えば、次に現れたのは佐藤梢だった。二年一組のクラス委員長だ。

肩までの髪を涼しげになびかせて入室してきた彼女は、クラスメイトが揃っているのを見て小首を傾げる。

「声が聞こえてアレ？　って思ったんだけど、やっぱり真田くんもここにいたんだ。二人してどうしたの？」

「委員長ひでぇ。愛川さんのことも計算に入れろよ」

「ああ、吉井もいたんだ」

「あっ、違った。見えてないのは、おれね……」

吉井が濡れていない目元を芝居がかった仕草で拭う。

私は佐藤に向かって眉を寄せた。

「そっちこそどうしたの」

「修学旅行の班決めって、男子はともかく女子は死ぬほど揉めるからね。あの独特の空気に耐えられなくて脱出してきちゃった」

佐藤はぺろっと舌を出す。

「ていうか愛川さんもお仲間なのかと。だからここに来てみたんだけど」

私は気まずくなって目を逸らす。ロングホームルーム中、班決めの話し合いが始まる段になって、私は体調不良を理由に教室を出てきた。保健室登校している真田に会うためだったが、周りからはそんなふうに見えていたのだろう。

「確かに女子は難航してたな。でもいいのかよ委員長、まとめ役だろ」

「まぁ、班はほとんど決まったし？　実際、このあとの部屋決めのほうが壮絶だからね。友達同士でも事前に取り決めとかあるじゃない。こことここで組もうね、あの子に話しかけられても曖昧に笑って濁しておいてね、その場で返事しないでね、み・た・い・な」

「うへぇ、怖っ」

首を左右に振りながら猫なで声で演じる佐藤に、吉井が身震いする。

「うちのクラス、まだマシなほうだけどねー」

マシなのは、クラスを仕切る立場にある佐藤があっけらかんとしているからだ。と思ったが、私は口には出さなかった。気をつけていても、いやみな口調だと受け取られることがあるのだ。

窓際に立つ吉井が、顎に手を当てる。

「ふぅん。つまり真田も、愛川さんも、委員長も、まだ班が決まってないんだな？」

名指しで確認されるとむかつくが、否定できない。純然たる事実だからだ。

「ていうかあんたもでしょ、吉井」

佐藤に指摘された吉井は、「まぁな」となんでもないように頷く。

それを意外に思っていると、吉井が全員の顔を見回して唐突に言いだす。

「つかさ。これも何かの縁、みたいな？　せっかくだし、この四人で班作らねぇ？」

思いがけない提案に、私は瞬きを三回繰り返す。

また吉井がばかなことを、と思いかけたが、その内容自体は悪いものではない。必ず男女混合で四〜五人の班を作るというルールなので、偶然ながら人数的にもちょうどいい。

真田には話していなかったが、できれば彼とは同じ班になるつもりだった。今日、学校に来るようにと彼の背中を押したのは私なのだ。

同じ文芸部所属ということになっているから、別に不自然でもないだろう。否定的な意見が出る前に、私は吉井の案に乗っかることにした。

「私は、別にいいけど」

「えっ。マジ？」

自分で言いだしたくせに、吉井は驚いているようだった。

「あたしもいいよ。ていうか賛成、この四人で組もうよ。吉井は余計だけど」

「なんだと。このおれが余計とは聞き捨てなりませんな」

「真田くんは？」

聞き捨てた佐藤に確認されて、じゃあ、まぁ、と流された真田が頷く。これで決まりだった。

「真田くん、二限は出られそう？　今週中に、班別コースのテーマ決めなきゃだからね」

「テーマって？」

「ほら、あれよ。工芸品とか、日本庭園とか、日本画とか抹茶菓子とか。班ごとに調べたいテーマを決めて、それに沿って二日目の見学場所を決めるって建前があるから」

面倒見のいい佐藤が、真田に向かって指折り教えている。

旅程の一日目はクラス単位での行動、二日目は班ごとテーマ別に行動、三日目は自由行動の日と定められている。

「建前って言っちゃってますぜ委員長」

「だって本当のことだし。行きたいとこに合わせてテーマ設定しましょ。帰ってきてから班発表もあるから、適当にやりすぎるとあとが怖いけどね」

二人が、そんな話をしながら廊下に出ていく。

そのあとに続こうとした私の耳が、ベッドを出ようとする真田の呟きを拾った。

「……あいつのおかげだ」

「あいつって?」

振り返って問いかけると、学ランの袖に腕を通しながら、身体に似合わない小さな声で真田が答えた。

「二世。アキ。……俺の、レプリカ」

こちらを見ないまま、彼はぼそぼそと続ける。

「この目で見たわけじゃないから半信半疑だったんだけど。俺の代わりにちゃんと学校通ってくれてたんだって、そう思って」

　それを言うなら、私も一緒だった。佐藤や吉井と仲良くなったのは私じゃなくて、ナオだ。私も真田も、レプリカの努力に乗っかるような形でここにいるのは、同じ。

　真田がそこで顔を上げる。まっすぐに見つめられたので、驚いてこちらから目を逸らしてしまった。

「それともちろん、引っ張りだしてくれた愛川にも感謝してる。ありがとう」

「私、何もしてないから」

　唇を尖らせて言い返す。実際に、お礼を言われるようなことなんて何もしていない。

　真田も私と同じく、レプリカを生みだした。レプリカについて話せる相手なんて今までひとりもいなかったから、私は家にいるとき、ときどき真田と電話で話すようになった。男子とそんなふうに個人的に親しくするのは初めてだったけれど、その時間は悪くはなかった。

　修学旅行前というこの微妙な時期に、学校に来るようにと伝えたのは、今が微妙な時期だったからこそだ。青陵祭が終われば、二年生は修学旅行に向けてますます浮つく。普段通りの学校に登校してくるよりも、むしろハードルが低いんじゃないかと思った。

　そんな私の目論見は、前会長が亡くなったことで、思いがけない形で外れることとなった。たぶん吉井や佐藤が教室を抜けだしてきたのにも、少なからずその影響がある。二人は教室で何事もなかったように騒いでいるのが、辛かったのかもしれない。

そこまで考えて、吉井はそんなに繊細じゃないか、と思い直す。最近お気に入りの真田が教室にいないから、暇つぶしで捜しに来ただけだろう。

真田が立ち上がり、リュックの太い紐を肩にかける。右足にはまだ少し違和感があるようだが、歩きだす様子を見るに引きずってはいない。この一か月は人の多い時間帯を避けて、自宅の近くをリハビリがてら散歩していたらしいから、その成果が出ているようだ。

真田が頬をかく。頭を下げているような、俯いているような、微妙な角度で首を動かす。

「でも、ありがと」

それ以上言い返すのも野暮に思えて、私は緩く頷いた。

真田には、私の目的について何も話していない。見方によっては、私は彼を利用しているともいえる。それなのにお礼を言ってくるあたり、こいつはどうにもお人好しすぎる。

そういう奴だから、自尊心ばかりが肥大した早瀬先輩にひどい目に遭わされたのかもしれない。ふと、そんなことを思った。

辛いことは忘れてしまえばいい。忘れていくのは何も、悪いことじゃない。

でも本当に辛いことこそ、完璧に忘れるのは難しい。きっとこれからも、真田は早瀬先輩の記憶に苛まれ、何かの拍子に思いだしては苦しむことになる。

だから本当に、お礼を言われるようなことなんて、ひとつもできていないのに。

「あと修学旅行もよろしく。同じ班同士」

「……うん」

開けっぱなしのドアから出た私は、振り返らずに頷いた。

修学旅行は来週に迫っている。でも、私にとって重要なのは直前の……。

一限の終わりを告げるチャイムが鳴る。気持ちが昂ぶったせいなのか、廊下を踏みしめる足先に無駄な力がこもった。

◇  ◇

十一月十二日の金曜日。

その日も、私は無言のまま素直を送りだした。

見上げる私の気分などお構いなしに、空はからりと晴れていた。離れていく素直を窓越しに見送り、振り返ると、勉強机の上にぽつんと国語の教科書が置き去りになっていた。

「……あ」

時間割を、頭の中に思い描く。たぶん今日も国語の授業があるはずだった。

寂しげな教科書をとりあえず手に取って、ドアに駆け寄ってみるものの、今さら追いかけても無謀である。素直がどんなにのんびりペダルを回していたって、私の脚力では追いつけないし、そもそも私たちは一緒にいるところを誰かに見られてはいけないのだ。

早々に諦めた私は、行儀悪く絨毯にうつ伏せになるなり教科書をぺらりとめくった。窓明かりだけで、手元はじゅうぶん照らされている。

素直の記憶を辿る。次の授業から取り扱うのは『山月記』のようだ。

『山月記』は中島敦による短編小説で、唐の時代の中国をモデルにしている。詩人になりたい夢が叶わず、虎になってしまった李徴が、友人の袁傪に再会し、我が身に起こった出来事を語っていくお話だ。

初めて読んだとき、私も気がついたら虎になっていたらどうしよう、というおそろしさと興奮が、同時に胸を襲ったのを覚えている。でも私が虎に変身する日が来るのなら、その前に素直もまた虎になっているはずだと思えば、恐怖は和らいでいったのだった。

そんなことを思い返しながら、袁傪に語りかける李徴の言葉に目を落とす。あっという間に『山月記』を読み終わったあとは、他の物語に手を伸ばして冒険する。

授業では飛ばされてしまうページにも、こうして気ままに立ち寄る時間が好きだった。

国語の教科書には、数多くの小説や詩、短歌や俳句、批評などが掲載されている。お行儀良く整列している物語の切れ端は、ひとたびページを開いたなら、びっくり箱みたいに私を誘って、ここにおいでと呼んでくれる。

初めて読む詩を指でなぞれば、感嘆の吐息をつかずにいられないような、美しく鮮やかな言葉や表現が躍る。ページを開けば、いつだって、どこにいたって、私はその景色や音の聞こえる場所へと、連れていってもらえる……。

そのとき、ぴんぽーん、と間延びした音が響いた。

夢中になって教科書を読み耽っていた私は、はっとして顔を上げる。

誰だろう。わざわざドアチャイムを鳴らすということは、お母さんが帰ってきたわけではない。宅配便か回覧板かもと思い、とりあえず起き上がって部屋を出た。

ぱたぱたと、慌てて階段を下りていく。だけど最後の一段に足をかけたところで気がついた。平日のこの時間、素直の家には誰もいないのが常だ。両親とも通販をお願いするときは土日か、あるいは平日の夕方以降に受け取り時間を指定する。近所のおばさんも、午前中に訪ねてきても二度手間になるだけだと知っている。

どこかの業者かと思いながら廊下を早足で進み、玄関の前に立つ。

さすがに、すぐに鍵を開けるほど不用心ではない。私はおそるおそる、玄関ドアの向こうに呼びかけた。

「どちらさまですか」

「俺」

返ってきたのは、たった二文字。でもその声を私が聞き間違えることはない。

ふと思いつく。秘密の合言葉のように、朗々と呼びかけてみた。

「その声は、わが友、李徴子ではないか?」

もしもドアの向こうの人が、中島敦が大好きなだけの赤の他人であったなら、私の機転は意味を成さない。

でも彼ならば、軽く諳んじてみせるだろう。後ろの席の彼が私と同じように、授業の最中にこっそり他のページを読み耽っているのを知っている。

「いかにも自分は隴西の李徴である」

私はドアを開けた。

そこには思った通り隴西の李徴ではなく、焼津のアキくんが立っていた。

冬制服の彼が背負う、窓越しではない日光が驚くほどまぶしくて、私は目を眇めた。目の奥が強い痛みを訴えるものだから、ぺしゃんこになるまで顔を顰めていたというほうが正確かもしれない。

「アキくん？　学校は？」

「秋也が行ってるから、俺は留守番。今後については、まだ分からなくて」

数日ぶりに会ったアキくんは、淡々とした口調で続ける。

「愛川からも連絡あった。これからは自分が学校行くって決めてるから、ナオは家にいるって。それで、ここまで来てみた」

「……そうなんだ」

素直と真田くんが、学校に行っている。修学旅行に向けて同じ班にもなっている。

素直の記憶を通して知っていたはずのことだったが、改めてアキくんの口から聞くと、少しだけ上向いていた気持ちがみるみるうちに萎んでいく。

素直は夏頃から、真田くんと電話でのやり取りを続けていた。青陵祭が終わったら学校に来てみないかと説得していたことも知っている。

部屋から漏れ聞こえた笑い声が胸に甦った。電話先では真田くんもまた、素直と同じように楽しそうに笑っていた。

私だけではない。これからアキくんも、学校に行くことはないのかもしれない。

いや、それどころではなく、私たちはもう……。

「ナオ先輩。石田街道の律子も忘れないでくださいよ」

「……りっちゃん」

アキくんの後ろからひょっこりと姿を現したのは、りっちゃんだった。

「チャオです、ナオ先輩。用宗にも愛川家にも来るの久しぶりすぎて、なんかすっごく懐かしいです！」

明るい声は普段通りのものだった。私のために、そうしてくれているのが分かった。笑みを返そうとしたのに、うまく形作れないまま私は問うた。

「二人してどうしたの？　アキくんはともかく……りっちゃんは今日、学校だよね？」

問いかけに答えず、用件を切りだしたのはアキくんだった。

「ナオ、温泉行こう」

まったく話が見えてこなくて、私はドアに触れたまま目をぱちくりとさせる。

「温泉？」

なんで急に、温泉？

「そう。寒いし」

「今日、寒いですよねぇ」

アキくんとりっちゃんは大袈裟に肩を震わせてみせる。空は澄んでいるし、過ごしやすい気温という感じで、そんなに寒くないのだが。

「うーん」

私は温泉に行ったことがない。でも明るい気分にはなれそうもなくて、言い淀んだときだった。

「せっかくですし行きましょうよ、着替えの準備手伝いますから！」

「ちょ、りっちゃん」

ものすごく強引なりっちゃんに背中を押され、私は家の中に戻される。

「わ、お家の中もそんなに変わってないですね。記憶中枢がガンガン刺激される！」

りっちゃんは楽しそうに玄関や廊下を見回している。

彼女がよく遊びに来ていた頃から、家の中はそこまで変化がない。せいぜいトイレをリフォームしたくらいで、りっちゃんにとっては勝手知ったる他人の家である。

私は平たい背中を押されるまま、彼女と共に脱衣所前へと向かう。

素直はいつも、お気に入りの服については自室に仕舞っているけれど、家で着るような服やパジャマは脱衣所前のクローゼットに入れている。下着についても同様だ。

りっちゃんは、キャラ物のプリントTシャツとデニムのショートパンツを見繕っている。温泉上がりは熱くなると想定してのことだろう。

私はおずおずと下着を手に取った。素直がそろそろ寿命かと睨み、捨てようとしているやつ。

「でも素直の服と下着、勝手に借りたら怒られちゃうと思うんだ」

怒られたくないな、というニュアンスを多分に含めてみても、りっちゃんには通用しない。

「そのときは自分も一緒に怒られますから」

怒りませんよ、大丈夫ですよ、とは軽く言わないあたり、素直への造詣が深いりっちゃんである。

スパバッグに着替えとタオルをまとめて、玄関に引き返す。アキくんは塗装の剝がれたフェンスに背をもたせかけて、私たちのことを待っていた。

「よし、行くか」

「出発ですね！」

私は引き続き迷いながら、がちゃがちゃと玄関の鍵をかけた。そうして施錠が完了するなり、右腕をアキくん、左腕をりっちゃんに取られてしまう。

　思考が一時中断される。

「……ん？　なに？」

「逃げるかもしれないので」

　きりりとした顔でりっちゃんが答える。微妙に否定できないので、私は押し黙った。

　そのまま家の前の道路に出て、真っ赤に塗り直されたポストの前を通り過ぎる。

　秋晴れの空に見守られながら、慣れ親しんだ道を三人で横並びになり、てくてくと歩いていく。車が通りかかるときも二人は頑なに腕を離そうとしないので、道と平行になって避ける。なんだか小学生みたい。それで私は、警察官に容赦なく連行される犯人のようでもあって、もうちょっと広がったら、組み体操の扇にもなれそうだった。

　前に何があったか覚えていない空き地では、三匹の猫が気持ち良さそうに転がって日向ぼっこしている。用宗は港町だからか、そこら中に野良猫がいるのだ。

　ぴちちとかわいらしく鳴き交わす雀が、電線の上を優雅にお散歩する。道路沿いの無人販売所では、葉がぎっしり詰まった白菜が一玉だけ残っていて、二百円で販売されていた。のどかな午前だった。杖をついたおじいさんに、三人それぞれのタイミングで会釈を返す。

　その拍子に、私は握っていた手に力を込めてしまった。人肌に触れるのも、意味のある言葉を誰かと交わすのも、本当に久しぶりのことに思えた。

ここ数日の私は、壁か絨毯かドアか、麺類にしか触れていなかったのだ。

「温泉って、どこの温泉？」

ようやく私には、根本的な質問を口にする余裕ができていた。

駅とは逆方向に進んでいるから、電車やバスには乗らないみたい。そう思って見上げれば、アキくんが視線を向けてくる。

「用宗みなと温泉。行ったことある？」

私は首を横に振る。数年前に近所に温泉施設ができたのは知っていたが、今まで使ってみたことはなかった。

「お風呂が壊れたら行ってみようねって、前に素直とお母さんが話してたけど」

残念ながらというべきか、家のお風呂は一度も壊れていない。歩いていける距離なのに、家族の誰も行ったことがないのだった。

「アキくんは？」

「焼津市民なら、黙って黒潮温泉だから。今は焼津温泉だけど」

どうやら初めてということらしい。

「りっちゃんは？」

「お風呂が壊れたら行ってみようかなと思ってました」

どの家のお風呂も丈夫で、とっても偉い。

道をまっすぐ歩いて住宅街を通り抜ければ、用宗港に突き当たる。右に曲がると、海や魚のにおいが風に乗って港方面から流れてきた。

「あ、見えてきましたね」

用宗港の敷地内にある、黒い外壁の建物が私たちを待ち構えている。屋根の下に沿って、温泉を思わせるマークが描かれた小さなのぼりがいくつも風になびいていた。

「この建物って、昔はマグロの加工場だったらしいですよ。マグロの幽霊が出るかもしれないですね」

「マグロの幽霊ってどんなだよ」

「そういえば、音に聞く幽霊はほぼ人の形してますよね。なんでだろう」

んむむ、と不思議そうに唸るりっちゃんの声を聞きながら、駐車場に目をやる。平日の午前中という時間帯だが、ほとんど埋まっているようだった。

回り込んで、温泉施設の玄関口に辿り着いたときである。組んでいた腕を、存外あっさりとりっちゃんが離した。

「幽霊の謎はじっくり考えるとして、自分は今から学校行ってきます。ナオ先輩の顔を見る目的は達成しましたしね」

「えっ」

予想外の言葉に、私は目を丸くした。

「りっちゃんは温泉行かないの？」

てへ、とりっちゃんが後頭部をかく。

「自分、困ったことに微妙なところで真面目な生徒なもんで。親もどうした何があったグレたのか律子よーって心配しますしね。今から電車とバス使えば、二限……は無謀ですけど、三限には間に合いそうですし」

不真面目代表の私とアキくんは、揃って沈黙してしまう。

それでは本当にりっちゃんは、私の顔を見るためにわざわざ登校前に立ち寄ってくれたのだ。授業をサボったのだって、初めての経験だろう。とたんに申し訳なさが込み上げてきて、私は彼女の手を強く握った。

「りっちゃん、ごめん」

「勝手に突撃してきた後輩に謝らないでください。こういうのも新鮮で乙なものですよ」

ふざけたように笑うりっちゃんだったが、その顔つきが私を案ずるものになる。

「ナオ先輩、思ってたより顔色悪いです。温泉で、ちゃんと身体温めてください」

乾いている頬に、ぺたぺたとりっちゃんが触れてくる。小さな手のひらの感触が心地いい。

「うん。りっちゃんの分も浸かってくる」

「その意気です」

少し笑ったりっちゃんが、眼鏡のレンズ越しにじぃっと私の目を見る。

「それと前に伝えたこと、冗談じゃないですよ。どこにも行くとこないなら自分に言ってください。黙っていなくなったりは、もう絶対だめですからね」

本気で言ってくれていると分かるから、申し訳なさが募った。

夏の海ではまだ見えていなかった現実が、私の眼前に迫りつつあった。聡いりっちゃんも、ひしひしと感じ取っているはずだ。

あのときと変わらない言葉をくれるのは、勇気の要ることだったろう。それなのにりっちゃんには少しの躊躇いもなかった。友人として、いつだって私のことを心配してくれている。

「……ありがとう、りっちゃん」

そんな彼女に今の私が返せるのは、お礼の言葉だけだった。でもりっちゃんはにっこりと笑って、はい、と頷いてくれた。

「ではまた！　温泉の感想も教えてくださいね！」

うん、ばいばい、と手を振って別れる。りっちゃんは早足で駅のほうに向かっていく。

私とアキくんは、いよいよ温泉に突入だ。

外観からして真新しい用宗みなと温泉は、内部もきれいで清潔だった。

脱いだ靴は靴箱に預けて、鍵をかける。私が五十二番、アキくんが右隣の六十番。

入浴券は、二台並んだ押しボタン式の券売機で購入するらしい。

今日は平日料金だ。会員じゃなくて、小学生でもない私たちは一般の九百円。ピンク色のお財布から取りだした千円札を、腹ぺこの券売機にぶいーんと食べてもらった。

私の全財産は、これで十八万八千二百四十円になった。最近は十九万円に戻りたい私と、それを阻止する私の欲望とがデッドヒートを繰り広げている。仁義なき戦いは続いていた。

券を手にフロントに向かうと、制服代わりだろう赤いTシャツを着たスタッフのお姉さんから、カウンター越しに訝しげな目を向けられる。その理由を考えて、はっとした。

そういえば私もアキくんも制服を着ている。それで、今は平日の午前中なのである。どうして学生が、と不審がられるのは当たり前のことだった。

「え、ええと」

黙っていたら変に思われてしまう。私は何かしらのそれっぽい理屈を捻りだそうとした。しかしこういうときに限って、なかなか何も出てこない。

困っていると、隣のアキくんがさらりと言う。

「今日、創立記念日で学校休みなんです」

えっ。

お姉さんは小さく顎を引いてから、リストバンド式のロッカーキーを持ってきてくれた。特に言及する気はないようだった。

お土産コーナーや食堂を横目に、温泉に続く藤色ののれんを通り抜ける。

廊下には額に入れられたモノクロ写真が飾ってあった。海水浴客で賑わう用宗海岸や、用宗の町全体を写したパノラマ写真は、いつ頃撮影されたものなのだろう。

それらを眺めながら、物知りな彼氏に話しかける。

「今日、スルセイって創立記念日だったんだ」

「たぶん違うと思うけど」

ええっ。

どうやらアキくんは、素面で嘘を吐いてみせたらしい。その豪胆さに私は畏れ入った。

写真を見終わったあとには、赤と青の湯のれんが待ち構えている。

「上がったら、さっきのラウンジで合流しよう」

「うん、またあとで」

私は左、アキくんは右に分かれる。

脱衣所に人の姿はなかったが、温泉からはお湯の流れる音がしていた。

ロッカーキーは、ロッカーの番号と対応している。自分の番号を見つけて荷物を預けた私は、スカートに手をかけたところでとんでもないことに気がついた。

「……わぁ」

制服のスカートは皺くちゃだった。よく見ると腰のあたりに埃までついている。

脱衣所の鏡を覗いたところで、さらなる衝撃を受けた。絨毯でごろごろしていたせいか、髪の毛がぼさぼさになっていたのだ。

アキくんとりっちゃんが心配そうな顔をしていた理由が、よく分かった。見るも無残な有り様の私が出てきて、二人ともさぞ面食らったことだろう。

羞恥のあまり顔を赤くしながら服を脱ぎ、白いタオルだけ手にして浴場に向かう。

どきどきしながら見回す浴場内にも、落ち着いた雰囲気が流れていた。天井、それに壁の上半分が白く、下半分が黒のモノトーン。壁に取りつけられたライトは、柔らかなオレンジ色の光を灯らせている。

屋内には水風呂を含めた三つの浴槽と、サウナがあるようだ。まんなかの炭酸風呂が人気なのか、特に人が集まっている。露天風呂もある。

ふむふむと見回しながら、足先からかけ湯をする。身体の汚れを落とすだけではなく、かけ湯には身体をお湯に慣らすという意味もあるらしい。

洗い場で髪と身体をしっかり洗い、長い髪の毛をタオルでまとめてから、私はすっくと立ち上がった。

やっぱり露天風呂。最初は露天風呂。兎にも角にも、露天風呂！

心に決めて屋外に向かうが、テレビで見るような露天風呂と異なり、開放感はあまりなかった。空のほとんどは屋根に覆われていて、木材の壁も設えられているので、そんなに景色が見えないのだ。

それよりも気になるのは、一角を占める富士見小屋なる小屋の存在だった。露天風呂の三分の一ほどを使って設置されていて、そこからなら富士山が見えるらしい。

檜の芳香に鼻先をくすぐられた私は、お湯の中をすいすい移動して入り口から小屋に入ってみた。

薄暗い小屋の中は、どこか秘密基地めいていて心が弾む。小屋からは港や海が一望できるのと、よく晴れているおかげで、白い帽子を被っておしゃれする富士山が遠くに見えていた。

目を細めて富士山を見つめながら、岩肌に肘をつく。熱すぎないお湯が心地いい。

考えてみると、ここは山奥の秘境とかではなく港に面した温泉である。屋根や囲いがなければ、裸で入浴するところが公衆の面前に晒されてしまう。覗き対策は必須だったのだ。

しかし、これではどちらかというと、私が港をこっそり覗き見しているようだった。そう思うとちょっとおかしくて、笑ってしまう。

このまま小屋に住んじゃおうかと思ったところで、数人の話し声が聞こえてくる。私は数秒前の夢想を忘れて、いそいそと小屋を這い出た。せっかくの景色を、独り占めしてはもったいない。

そのあとは屋内を巡って楽しんだ。最終的に炭酸風呂に落ち着いた私は、数えきれないほどの泡に抱きしめられた手足を伸ばす。

「……あったかい」

うーん、と大きく伸びをすれば、一斉に泡の群れが逃げだした。お湯がちゃぷちゃぷして、炭酸がぱちぱちして、口元はのびのびと緩んでいく。

「温泉って、すごい」

ほぅ、と肺に溜まった温かい息を吐く。そこで私は何気なく時計を見た。

十二時十分前だった。

視線を逸らそうとしたところで、いやいやいや……と思い直す。

二限は始まっているけれど、三限には間に合いそう。確か、りっちゃんはそんなふうに言っていた。二限は十時からで、三限は十一時からだ。

すると私はひょっとして、のんびり二時間近くお湯に浸かっていたのではないだろうか。

アキくんと合流地点は約束したものの、何分後に集合するか決めていない。男女分かれての待ち合わせ、に慣れていないがゆえの初歩的なミスだった。

アキくんは温泉から上がっただろうか。今も浸かっているだろうか。

考えてみる。お風呂の時間というのは、総じて女子が長く、男子が短いイメージがある。お父さんは烏の行水だし、お母さんは長湯して、二時間くらい浴室から出てこないときもある。素直がたまに気がついて呼びに行くと、お風呂の中で寝息を立てているのだ。

私は一分で結論に達した。待たせてしまっては悪い。びびびび、と発射される遠赤外線サウナで全身を焼かれたい気持ちもあったけれど、そろそろ上がらなければ。

ざばざばとお湯をかき分けて、私は浴場から上がった。

身体を軽く拭いてから脱衣所に入ると、鏡の前では、大学生くらいの二人の女性が椅子に腰かけて話し込んでいた。海岸沿いの商業施設ハットパークの、どの店でお昼を食べるかを話し合いながら、ビューラーで睫毛を持ち上げている。

湯上がりの火照った身体にシャツを被せていると、ころりと何かが落ちてきた。水色のシュシュだった。

私が入れた覚えはないので、りっちゃんが入れてくれたのだろう。彼女らしい、粋な演出だった。

私は髪をドライヤーで乾かしてから、シュシュで緩めに髪を結ぶ。

よく磨かれた鏡からこっちを見返してくるのは、ハーフアップの私。いつも通りの、ちょっとだけ久しぶりの、私。

何度も角度を調節して、よし、と頷くと、私は重くなったバッグを手に脱衣所を出た。

ラウンジをきょろきょろと見回すが、アキくんの姿はなかった。食堂や、お土産コーナーにもいない。

意外にも私のほうが早かったようだ。待たせなかったことにほっとしていると、背後からぱたぱたと慌ただしい足音がした。

のれんをくぐって現れたのはアキくんだ。ブラウンのシャツに、黒のパンツを合わせている。

「ごめんっ。なんかサウナで、地元民のおじさんに気に入られちゃって」

アキくんのことだから、なかなか話を遮れずに困っていたのだろう。その図を想像するとおもしろかった。

「大丈夫、私もさっき出てきたとこだから」

そっか、と胸を撫で下ろすアキくんだったが、焦ったあまりちゃんと髪を乾かしていないようだ。短髪だからといって、手を抜いたら風邪を引いてしまうかもしれないのに。

私は使っていないフェイスタオルをバッグから取りだした。

「アキくん、水滴落ちちゃってるよ」

背伸びをして、髪の毛を拭いてあげようとする。気がついたアキくんが恥ずかしそうに払いのけようとした。

「いいよ、自分でやるから」

「いいから大人しくしてて」

ぴしゃりと言い返せば、八の字眉のアキくんが見つめてくる。その瞬間、私の心臓あたりから異音がした。

「……ナオ？　どうした？」

たちまち硬直した私を、アキくんが不思議そうに見やる。その短い髪が艶々と濡れている様子が、ますます私をときめかせる。

いつもと違うのは一点だけ。

髪が濡れているだけなのに。ただ、髪が濡れているだけなのに！

そう自分に繰り返し言い聞かせても、濡れた髪をしたアキくんは幼げで、なんだか特別、無防備な感じがする。

でも、そんなこと本人に向かって言えない。家族くらいしか見られない、貴重でありがたい感じがする。悶々とするのを誤魔化そうと、私はアキくんの頭皮やら髪やら首やらを力任せに拭きまくった。

「ちょっ、痛いって」

文句を言うアキくんが、耐えかねたように私の両手を上から摑む。大きな手は温かくて、全身から私と同じ香りの湯気が立ち上っているようだった。

目が合うと、アキくんが顔をくしゃりとさせる。

「なんか、一緒に住んでるみてぇ」

「えっ、そう？」

どきりとする私に、彼が悪びれなく言う。

「今のナオ、お母さんっぽくて」

「……所帯じみてるってこと？」

私はむくれた。

なんだか、期待していたのと違う。へそを曲げたのに気がついたアキくんが、ぎこちなく話題を変える。

「そうだ、お昼時だけどお腹空いた？」

やれやれと思いつつ、私は乗ってあげることにした。

「ちょっとだけ」

なぜかというと、空腹だったからである。

ここ数日の、お腹が鳴ったから致し方なく何かを胃に入れる、という感覚とはまったく違う。私は明らかに元気になってきている。温泉で身体が温まったおかげで。りっちゃんとアキくんのおかげで。

館内の食堂はかなり混雑していたので、お昼は別のお店で食べることにする。

建物から出ると、入り口前の石垣に目がいった。先ほどは目に入らなかった、聳え立つような石垣の上に掲げられた看板には、アオサギの巣がありますとあった。

看板に描かれたお母さんサギと雛サギの絵がかわいい。先ほど覗いた食堂の名前がアオサギ食堂だったのも、この巣の影響だろうか。

巣の様子をちょっとでも見てみたくて、その場でぴょんとジャンプしてみるが、背の高い雑草が生えているくらいで巣らしいものは見当たらなかった。

「どうした？」

「あの奥にアオサギの巣っ、あるんだって」

「へぇ」

「アキくん、見えるっ？」

背の高いアキくんならばあるいは、と思って跳ねながら訊いてみる。

アキくんは背伸びをして、手で庇を作っている。

「ぜんぜん見えない。回り込んで見てみる？」

「うんっ」

石垣の上は、第三駐車場になっているようだ。アオサギの親子がびっくりするかもしれないので、遠目に駐車場を見てみる。

「巣、どれだろう」

「どれだろうな」

それっぽいのがまったく見当たらない。

そんなことをしている間に、ぐぅとお腹の鳴る音がした。私は気遣わしげな表情を形作った。

「アキくん、お腹空いちゃったよね。アオサギはまた今度見つけようか」

「俺の腹は鳴ってないけどな」

聞こえない振りをして、先んじて歩きだす。

駐車場を抜けたところでアキくんが訊いてきた。

「どこでごはん食べる？」

「どうしよっか。このあたり、お店たくさんできたんだよね」

お店が増えて、人が増えて、用宗はまだまだ発展途上という感じ。素直は海岸沿いのお店でジェラートを食べたり、お団子やハンバーガーを食べたりしたみたい。

「みなと横丁は？　前からちょっと気になってて」

みなと横丁というのは、用宗港の目前にあるグルメスポットだ。数年前はかなりレトロな外観の横丁だったのだが、リノベーションされ、おしゃれで活気ある場所に生まれ変わっている。歩いてすぐというか、もう目と鼻の先に見えている。

「行ってみたい。なに食べる？」

「俺は、魚の気分かな」

おお、と私はわざとらしく感嘆の吐息をこぼす。

「さすが焼津っ子だ」

「ていうか、温泉入ってるとき魚のにおいがして」

「それ、私も思った！」

炭酸風呂に浸かっているとき、開けっぱなしの大窓から風が流れ込んできた。ほんの一瞬、鼻先をくすぐった風は明らかに魚の顔をしていた。

あれはもしかすると、温泉客に海鮮を食べさせようという偉い人の陰謀なのかもしれない。

そんなことを真剣に話し合いながら、私たちはみなと横丁一階入り口にある、次郎丸という海鮮のお店でお昼にすることにした。

硝子張りの店内は満席だが、ちょうど会計中のお客さんがいる。外で待つ間、眺めてみた横丁内は噂通りのスタイリッシュな空間だった。ひとつだけぶら下がる赤い提灯が、なんだかかわいい。

通されたのは窓際のカウンター席だ。港の景色が見えて、ちょっとお得な感じがする。

「どれ食べる？　今日は俺、奢るから」

秋也の金だけど、とアキくんが冗談めかす。

「それじゃあ遠慮なく、お願いします」

私は大人しく甘えることにして、二人のまんなかでメニュー表を開いた。

「たくさんあるね」

どんぶりがたくさん。握り寿司や、しらすのピザまである。どれにしたものかと悩ましい。

用宗は日本有数のしらす名産地というのもあってか、家でもしらすはよく食卓に出る。素直は生しらすより、釜揚げしらすが好きらしい。熱々の白米の上にしらすを盛り、刻みネギを載せて食べているのを知っている。

しらすのことを考えていたら、無性に食べたくなってきた。夕ご飯をほとんど食べたことがない私は、あんまりしらすに出会ったことがないのだ。

「私、ハーフ&ハーフ丼がいいな」

選んだのは、生しらすと釜揚げしらすが半分ずつの、しらす尽くしのどんぶりだ。

「さすが用宗っ子」

「アキくんは？」

「俺は海鮮丼ってやつ」

アキくんがメニューのいちばん上を指さす。生しらす、釜揚げしらす、それに中トロと桜えびまでどどんと載った、豪華などんぶりである。

注文から三分もしないうちに、まずお通しが運ばれてきた。里芋と豚肉の煮物は、舌の上で蕩けるみたい。味わっているうちに、どんぶりと味噌汁が運ばれてきた。

アキくんの海鮮丼は本当に色彩豊かだけれど、黄色い玉子焼きと緑の刻みネギが彩るハーフ＆ハーフ丼だって負けていない。

生しらすも釜揚げしらすも、窓越しに降り注ぐ燦々とした日光を浴びて、きらきらと美しく煌めいている。

私は小皿に醤油を出して、ちょんちょんとつけてから、つやつやの生しらすを頬張ってみる。食感はぷりぷりとしていて、舌触りがいい。

「おいしい」

頭に新鮮ってつく味を、口の中で堪能する。

次はたっぷりのネギと一緒に、生しらすを頬張ったり、釜揚げしらすに浮気したり、最終的に生と釜揚げを一緒に口の中に入れてみたり、もうやりたい放題だ。

特に気に入ったのがわさび醤油だった。醤油にわさびを溶かして、生しらすにちょんっとつけると、びっくりするくらい味わい深くなる。生しらすが持つほのかな苦みが、わさびのぴりっとする辛みに溶けていくのだ。

生姜もいいけれど、わさびがいっとう好き。調子に乗って入れすぎたら、鼻の奥がつーんとして、ちょっと涙まで出てきてしまった。

温かで優しい味のお味噌汁で涙腺を宥めていると、アキくんが呟いた。

「ナオは偉いよな」

なにが、とわさびで潤んだ視線だけで問う。アキくんはこちらを見ずに、光り輝くような赤身にわさびをつけている。

「ちゃんと貯金貯めてて、偉いなって」

「私、お母さんからお小遣いもらってるだけだよ」

「でも、ちゃんと自分で働いて、それで得た収入だろ。秋也の脛かじってる俺より偉い」

いつもよりアキくんは、真田くんのことを口に出したがる。普段は自分から話題に出さず、なんにも気にしていないように振る舞うのに。

その変化の理由を、私は知っていた。頭の中で休むことなく考えているからだ。真田秋也くんのことを。急に学校に通いだした、自分のオリジナルのことを。

聞かなくたって分かる。だって、私も同じだから。

「偉くないよ、私」

そう答えたのをきっかけに、言葉は次々と溢れだした。

「ちっとも偉くない。ぜんぜん前、向けてなくて、素直が学校行ってるのに……お祝いだってできない」

「俺もそうだよ」

アキくんは、強い実感のこもった声で頷いた。

湯呑みのお茶を、ほとんど同じタイミングで飲む。何かの言葉を探したいとき、透明なお茶の中に答えを探してしまうことがある。あるいは、お茶と一緒に呑み込みたくなるときがある。

店内は人の話し声で賑わっているのに、私たちだけ、違う場所にいるみたいだった。

「俺、高校卒業したら働きに出ようかな」

温かい湯呑みを手にしたまま、私はぽかんとした。彼が急に何を言いだしたのか分からなかった。

「ナオは頭いいから、大学受ける？」

「受けないよ、私」

受けないじゃなくて、本当は受けられない。レプリカでも受け入れてくれる大学なんて、日本中を探しても見つからない。海外だって、どだい無理な話だ。

「ナオが大学行くなら、俺も同じとこ行く」

アキくんは与太話をやめない。嚙み締めた歯の奥で、引っ掛かったネギがしゃりっと鳴る。

「そんな理由で将来設計決めちゃ、だめだよ」

「彼女と同じ大学、って誠実な理由だと思うけどなぁ」

「……レプリカは、大学行けないよ」

言ってしまった私にも、アキくんは表情を変えなかった。

「そうとは限らない。リョウ先輩だって、小中通ってたんだし」

小中と高校と、それに大学は違う。

よく知らないけれど、たぶんぜんぜん違うよって言おうと思った。言えなかった。言いたくなかった。

だって私も、アキくんと話していたかった。明日の、もっと先の、尻尾すら摑めない未来の話を、飽きるまでしていたかった。

「どこの大学、受けようか」

ようやく乗った私に、アキくんが軽やかに笑う。

「やっぱ東大？」

「記念受験で？」

「受けるからには本気でやろうぜ」

そうは言っても、本気で目指すには遅すぎる気がする。

　でも、そんなことないのかも。私たちはまだ十六歳とか、十七歳とかだったりする。どんぶりから見返してくるしらすより、ぴちぴちだったりする。五十の手習いということわざがあるように、遅いなんて口にするのは、それこそ早いのかもしれない。

　そんなふうに思い込んでも、罰は当たらないのかもしれない。

「滑り止めはどこにする？　静岡県内？」

「夢がないな」

「理想論ばっかりじゃ、失敗したとき困るからね」

「それは言えてる。ナオはやっぱり文系学科がいい？」

「楽しそうだよね、文学について改めて学ぶって。なんか、本当に」

　ありもしない未来の話をするたび、私の胸はつぶれそうになる。

　一か月後。一年後、三年後、十年後。私はそのとき、何を思っているだろう。

　私はまだ、何かを思う私でいられるだろうか。彼の隣にいられるだろうか。

「ごちそうさまでした」

　声と両手を合わせて、米粒ひとつ残さず空になったどんぶりに唱える。

　会計を済ませて、私たちはお店を出た。宣言通りアキくんの奢りだ。ちょっと照れくさくて、嬉しかった。

「ねぇ。海、見に行ってもいい？」

「うん」

再び温泉施設の前を通って、海岸の方角へと向かう。諦め悪く第三駐車場を振り返ってみたが、やっぱりアオサギの巣は見つけられなかった。

防潮林の手前を横切れば、今までほとんど遮られていた青い空と海が私たちを迎えた。

軽く助走をつけて、私は堤防に上る。アキくんは堤防の壁面を片足で掴み、あっさりと上ってしまった。

アキくんが体勢を整えるときには、私は堤防の上を焼津方面に向かって歩きだしている。最初はちょっとふらついたけれど、両手を広げてしっかりバランスを取るようにする。

いち、に、いち、に。

全長一・五キロメートルに及ぶ海岸線を、はしっこからはしっこまで。

「ナオ、危ないって」

小学生の頃の素直とりっちゃんが、度胸試しをしようと手を繋いで落ちていった堤防。でも私は、落ちるつもりなんてなかった。

「へーきだよ」

アキくんはどこか呆れたようだったが、それ以上のお小言は引っ込めて後ろをついてきてくれた。

遠くには急崖の大崩海岸が見えていた。堤防から眺める青空には、サランラップより薄い巻き雲が広がっている。海は濃紺に近い色をしていて、砕ける波ばかりが白かった。

私が閉じこもっている間にも、季節は冬に向かっているのだ。どんどん太陽は腰が低くなって、日は短くなっていって、気がついたときには、大地はとっくに冬の懐に抱かれているのだろう。

本格的な冬が到来したら、手袋を着けたかった。白い息を吐きたかった。気まぐれな風花に触れたかった。ピザまんが食べたかった。肉まんでも良かった。

夢見る私の足元を掬うように、ぴゅんっと海からの強い風が吹いた。

「わっ」

予期していないタイミングで横風を喰らった足が、たたらを踏む。

「危ないッ」

落ちそうになる私に、アキくんがとっさに手を伸ばす。

彼の腕が、私を抱き寄せた。そこにまた強風が襲いかかってくる。

「うわっ、わっ、わっ」

抱き合ったまま、どうにかその場に留まろうと私たちは声と動きを合わせて奮闘したが、人形のようにその場でくるくるくる、二度の回転を経たところで、努力は水泡に帰した。

あまりに呆気なく、四本の足が地面から離れていた。

一瞬の浮遊感があった。全身に配置されている内臓が、ふわっ、とあらぬ方向に浮く。さぁっ、と音を立てて血の気が引いたときには、視界が反転していた。

顔のあたりに小さな衝撃。腕に当たるのは、砂の感触だろうか。

やがて世界には、音が戻ってくる。潮騒。車のエンジン音。私のじゃない息遣い。ぴーるーぴるるるーという甲高い鳴き声は、アオサギじゃなくてトンビ。

……反射的にきつく閉じていた目を、私はのろのろと開ける。

目蓋が、鼻と口が、アキくんの胸板にくっついていた。私たちは抱き合ったまま、二人で砂浜へと落っこちたのだった。

嘘みたいに、触れ合うお互いの身体が熱い。遠目に見れば、ちかちかと真っ赤に点滅していたかもしれない。

アキくんは私より早く状況を理解していたようだったけど、起き上がることも、私の背に回した手を離すこともしなかった。その理由は、震える全身の感触からして明らかだった。

「心臓、死にそう」

いかにも大袈裟な喩えだったけれど、一緒に落ちた私にはその意味がよく呑み込めていた。私の心臓も一秒前まで死にかけていた。今さらになって血液はどくどくと強く巡って、すべての臓器はお祭り騒ぎをしていた。冷や汗が噴き出てきて、止まらなかった。

素直とりっちゃんは、どうしてこの高さから笑って跳ぶことができたのだろう。小学生だから、だろうか。それとも親友と一緒だから、怖いものなんてなかったのだろうか。

「ごめん」

「わざとじゃないよな？」

彼の腕に抱かれたまま、私は首を横に振った。顔色は見えなかっただろうが、擦れる髪の感触で伝わったはずだ。

「だよな」

アキくんは、ほっとしたようだった。念のための確認だったのだろう。前科ありだから、不安にさせるのも当然だ。

慰めるように背中を叩く大きな手が温かくて、優しかった。とんとん、とんとんとん。一定のリズムは、赤ちゃんをあやすようでもあった。

この海で、壊れるように泣いた日は今も鮮明だった。まだあれから一週間しか経っていない。あるいは、一週間も経ってしまった。

「アキくん、私ね」

アキくんの短い髪から、私と同じにおいがしていた。目にしみるようなミントのシャンプー。

「寂しい」

口にすると、それは、ひとつの実感として押し寄せてきた。

「リョウ先輩がいなくて、寂しい。学校に行けなくて寂しい。素直が何を考えてるか分からなくて、寂しい」

寂しいは、怖いとよく似ていた。リョウ先輩がいなくて怖い。学校に行けなくて怖い。素直が何を考えているか分からなくて、怖い。

素直とは違う。私には、怖いものだらけだ。

「私、情けないよね」

「情けなくない。俺も一緒だから」

鼻声で呟く私に、アキくんがそう言う。

「俺も寂しいから。寂しくて、怖いんだよ」

そうだよね、と私はゆっくり頷いた。苦しんでいるのは、やるせないのは、私だけじゃない。リョウ先輩と過ごした日々は思い出と呼ぶには早すぎて、鮮明だった。

それでもアキくんとりっちゃんはなんとか前を向いて、一歩も動けずにいた私を日の当たるほうに引っ張ってくれたのだ。

目蓋の裏で、体育館のステージを思った。泣きながら微笑むリョウ先輩を思った。見つけたばかりの彼女には、もう、思い出の中でしか会えない。

そして消えていく彼女の姿に、私たちは、自分自身を重ねていたのだ。

「あんなふうに自分がいなくなるの、俺、いやだ。怖い」

私を抱く手に力がこもる。離れたくないのだと、訴えるように。

素直と真田くんには、どんなに想像を巡らせたって理解できないだろう。どれだけ私たちが怯えているのか。怖くて怖くて仕方ないのか。

堤防の上よりも、海の中よりも、ずっと不安定に揺れ続けるレプリカ。気まぐれなたった一言で塗り替えられてしまう現実は、わけがわからないくらい、怖いんだって。

「怖いね」

「うん。怖い」

言霊には力が宿る。言葉にしてしまうと取り返しがつかないことだってある。でも人は、恐怖を分け合わなければ生きていけない。

私はアキくんの胸板に、強く頭を押しつけた。怖いね、怖いよ。私たちはそうやって痛みを分け合った。溢れ出そうな苦痛を半分こにしながら、二人で積み上げた言葉の塔が壊れないよう、震えを押し殺していた。

ふと頭上から、ひゅう、と笛のような鋭い響きが聞こえた。

ぴくりっ、とアキくんの肩が動く。私も驚いて振り仰げば、通りかかった見知らぬおじさんが口笛を鳴らしていたのだった。

「青春だね、若者！」

親指を立てられる。

はい、青春です、と答えるには、私たちには人生経験というのが圧倒的に不足していた。

ご機嫌そうに去っていくおじさんを無言で見送る私の耳に、アキくんの小さな声が届いた。

「あれ、サウナのおじさんだ」

「えっ、うそ」

「サウナで一緒に『ヒルナンデス！』観た。おじさん、台湾カステラ食べてみたいらしい」

ものすごくどうでも良かった。

「……っふ、ふふ。あはは」

耐えきれず、私は噴きだしてしまった。ぽすぽす、同じく笑うアキくんの胸板を叩く。

何それ。台湾カステラって。

ひとしきり笑って、涙がにじむ目尻を拭ってから、ようやく起き上がる。お互いの惨状をまじまじと確かめて、また笑っちゃう。

「せっかく温泉入ったのに、砂だらけだね」

「だな」

おかしかった。これじゃあ温泉に浸かった意味がない。

でも、無意味なんかじゃない。温泉と海鮮丼に温められた身体の芯はぽかぽかしていて、汗までかいちゃうくらいだった。どんなに寒い日がやって来ても、この膜がある限り、私が凍えることはないと思えるくらいに。

服や肌についた砂をぱっぱと払ってから、アキくんが伸びをする。

「いいこと思いついた」

「うん？」

「俺たちも二人で修学旅行、するか」

私は目を輝かせた。

十一月十七日からは、二年生の修学旅行が始まる。

行き先は京都。素直と真田くんが行くなら、私たちは行けない行事だ。そこで思考を停止していたのに、アキくんはすごい。どうしてそんなに素敵なことを、思いついちゃうんだろう。

「二泊三日のお泊まり旅行？」

嬉しさに弾む声で、大切なことを確認する。十七日から十九日が、修学旅行の日程だから。

頷いてくれると思ったアキくんは、中途半端なところで動きを止めてしまう。

右手の指が、頬をかく。それが困ったときの癖だと、ずいぶん前から私は知っている。

「そこまでは考えてなかった。……泊まりはさすがにやめよう」

「どうして？　私、行きたい！」

意気込んで答えて、ちょっと恥ずかしくなる。

「アキくんと行きたいよ、お泊まり旅行。……だめなの？」

もじもじしながら言い直す。不安になった私は、上目遣いでアキくんを見上げた。

とっておきの提案に、浮かれているのは私だけだろうか。

でも修学旅行と銘打つなら、日帰りじゃあ物足りない。どうせならやっぱりお泊まりして、時間を気にせずに、めいっぱい楽しみたい。

「だめ、じゃない、けど」

言い淀むアキくんに、私は前のめりになって攻め込む。

「じゃあ、いい？」

「……まぁ」

やった。

その場でジャンプしそうになるのをどうにか堪えて、提案する。

「それなら私、行きたいとこあるんだ」

「どこ？　ハワイ？」

今日のアキくんは、たくさん冗談を言う。でも私が行きたいところは、海外でも沖縄でも北海道でもなくて、まして京都でもない。

たったひとつだった。

「魔界の牧場」

第2話 レプリカは、旅に出る。

修学旅行の日の朝は、午前七時半に静岡駅北口タクシー乗り場付近に集合する。

前日の夜、グレーのボストンバッグと、この日のために買ってもらったネイビーのショルダーバッグそれぞれに、しおりを見ながら荷物を詰め込んでいった。

チェックの欄にレ点を入れながら、ひとつずつ必要なものを入れていく。

京都がどれくらい寒いのかは、お天気アプリを見てもよく分からなかったが、お父さんからは冬の京都はとにかく寒いと脅されていた。とりあえず忠告を受け入れて、秋物のコートと厚めのインナーを持っていくことにした。

夏が来るたび、早く冬になれと思う。冬が来るたび、早く夏になれと思う。半年前の自分を苦しめた気温を、私の脳みそは、とっくに記憶の彼方に追いやってしまっている。

大振りのバッグには、内側にも外側にも大量のポケットがついている。どこにティッシュを入れて、絆創膏や常備薬を入れたのか、途中から混乱しながらも、私は普段より一時間早めにベッドに入った。結局、寝ついた時間はいつもと変わらなかった。

翌日は午前五時三分前、アラームが鳴るより早く目を覚ました。

私が自力で起きてきたので、お母さんは信じられないという顔をしていた。

やればできるじゃない、と微妙な褒め方をされながら顔を洗う。私が起きる時間にお母さんたちが家にいるのは珍しくて、ちょっと新鮮だ。

「そういえば結果は？　届いたの？」

「まだ。旅行中に来るかも」

あら、そうなのね、と洗面所の後ろに立ったお母さんが、頰に軽くパフを当てながら言う。費用を出してくれたこともあり、結果が気になっているようだ。

昨夜コンビニで買っておいた惣菜パンを手早く食べたら、念入りに身支度を整える。こういう日に限って横髪が跳ねていたりして、苛つきながらヘアアイロンで黙らせてやった。時間は驚くほどの早さで過ぎ去っていき、鏡と睨めっこしているうちに集合時間の一時間前になっていた。

家から最寄りの用宗駅までは、徒歩でちょうど十分。特に遅延は発生していないようだが、早めに家を出ることにした。

私はいったん二階に戻り、いつものようにナオを呼んだ。瞬きのあと出現していたナオは、私とまったく同じ格好をしている。

横髪がきちんと直っているのを、私は少しだけ羨ましいと思う。

「行ってくるね」

「素直、行ってらっしゃい」

私がそんなことを考えているなんて知らず、ナオは久方ぶりに微笑む。その笑顔に見とれそうになった私は、必要以上にぶっきらぼうにドアを閉めて部屋を出る。さっそく二つのバッグそれぞれを壁にぶつけて、小さく舌打ちした。

トイレに寄り、両親に声をかけてから家を出る。

修学旅行中、私はナオを呼ばないつもりだった。日中、両親は不在だが、もちろん仕事が終われば家に帰ってくる。ナオがどんなに気配を殺そうとしても、食事や手洗いの音などを完璧に消すのは不可能だ。

しかしナオは、私もアキくんと旅行に行くから、と言う。行き先については富士宮のほうとだけ聞いていた。

駅までの道を歩きながら、私は思う。高校二年生の女子が、彼氏と泊まりの旅行に行くというのは、どうなんだろうと。

若い年頃の男女が、二人きりで旅行。何か間違いが起きないとは限らない。でもそれを伝えてきたときのナオは、ここ最近の物憂げな顔が嘘のように楽しげにしていたので、私は頭の固い大人のような苦言を呈することができなかった。

それにしても私なんて、最後に男子と手を繋いだのは小学四年生の遠足が最後である。別に彼氏がほしいと思ったことはないけれど、ナオばかりが高校生らしく恋愛経験を着実に積んでいるのだと思うと、なんともいえない気分にさせられた。

あの二人がどこまで進んでいるのかは知らないが、とにかく、アキには節度を守り、忍耐強くあってもらわねばならない……。

念じる私の頬と首筋を、驚くほど冷たい風が撫でていく。もう、すっかり冬だと思う。

季節の変化なんて、今までさして気にしていなかった。勝手に春が来て、夏になって、秋が過ぎたら冬になる。私にとっては、その繰り返しが四季と呼ぶべきものだった。

でも、ふと見上げると空が遠かったりする。アスファルトを押し上げて生える雑草の力強さに圧倒されていたら、ずっと工事中だと思っていた新築の一戸建てから、赤ちゃんの元気な泣き声が聞こえてきたりする。

目を向けてよく見つめたなら、世界は確かに少しずつ色を変えている。

黄葉が進んだ藤棚の下を通って用宗駅に着いた私は、改札外の自販機でホットの緑茶を買う。のんびり歩きすぎたと思ったのだが、次の電車が来るまでには時間があった。

ホームには、これから仕事だろうスーツ姿の社会人、それにかわいらしい指定制服を着た小学生の男の子の姿があった。狭いホームを見回しても、見慣れたスルセイの制服は、私以外に見当たらなかった。

そもそも、用宗駅が最寄りの生徒の絶対数が少ないだけだろう。そう自分に言い聞かせるものの、不安は拭えない。

こういうとき、もしかして一時間早かったかも、一日間違えたのかも、なんて、突拍子もない不安を覚えるのは私だけだろうか。

しおりを見て、スマホを確かめて、時刻も日付も誤っていないことを確認していると、ホームにアナウンスが流れだした。まもなく三番線に、電車がまいります。危ないですから、黄色い線の内側に、お下がりください……。

なんとなく列らしいものを形成している、そのいちばん後ろに並んで、私は目の前を通り過ぎていく車窓に目を凝らした。同じ制服を探そうと思ったのだが、まったく見つけられない。開いたドアから怖々乗り込むと、同じ車両の中にはいくつか知った顔があったものだから、少しだけほっとした。

席はほとんど空いていない。といっても静岡駅までここからたった七分である。ぷしゅー、と音をさせながらドアが閉まり、電車がゆっくりと動きだした。ボストンバッグを足の上に置いた私はつり革に摑まりながら、さりげなく車両内を観察する。

スルセイの制服は、何か特殊なペイントでも施されているように、私の目にはすぐに見つけられた。集合場所に着く前にそれぞれ待ち合わせをしているのか、二人から三人で固まっている子たちが多い。

彼らの会話が、旅行前の高揚感を隠しきれていない弾んだ声音が、低い天井を伝って私の鼓膜を揺らす。

「京都って初めて」

「楽しみだねー」

「お土産なに買う？」

「Ｓｗｉｔｃｈ持ってきちゃった」

「俺、この旅行中に告白するわ！」

遠足前の小学生のような浮ついた声の波が、頭の上を流れて消えていく。私はつり革を握る手に、ぐっと力を込めた。

窓の外を睨んだまま、大丈夫、と自分に言い聞かせる。車窓から入り込む日の光に目の奥側まで刺激されているうちに、安倍川駅を発車して、静岡駅に着いていた。

スマホの画面を見ると、午前七時三分だった。

開くドアから、安倍川駅とは比較にならない量の人が吐きだされていく。私は人波に押し流されるように降車し、同じ制服の生徒のあとを追うようにして北口に向かう。

集合場所のタクシー乗り場前には、すでに二年生が集結していた。用宗駅で見たまばらな列とは違い、男女各二列ずつ、クラスごとの番号順で座り込んでいる。

学年集会と同じ並びだ。だからといって格式張った空気が流れているわけはなく、近い同士で好き勝手に話しているものだから、そこだけがやがやと賑わっている。

愛川素直、は二年一組の出席番号いちばんなので、隙間に身体と荷物を滑り込ませる必要はなく、ぽっかり空いている最前列にあっさりと座れる。

愛内さんでもいれば二番になれるはずだが、小学校から今まで、どんなクラスでも二番以下になることはなかった。特技も趣味もない私が、努力せずとも唯一いちばんになれるのが、この出席番号だった。勝ち取ったものではないから、誰からも褒められることはない。

だけどいちばんは、やるべきことが多い。一定の責任だって勝手に付きまとう。掃除当番や日直、授業中に当てられる順番は、いちばんからか、あるいはいちばんと最後の出席番号者のじゃんけんで決められたりする。あから始まる名字と、わから始まる名字なんかは、他より少しだけ損することが、学校生活ではあらかじめ定められている。

女子はスカートが汚れるのを嫌って、いわゆるヤンキー座りをしている子が多かったが、私は気にせず体育座りをした。脚を開いて座ると、膝の裏に汗が溜まって気持ち悪くなるのだ。

引率の先生たちが声を上げ、お喋りをやめるように呼びかける。それぞれのクラス委員長が立ち上がり、自クラスの出席番号いちばんのもとへと向かう。

前列までやって来た佐藤と、ぱちりと目が合った。

「おはよ、愛川さん。元気？」

「まぁ」

「それは良かった」

まぁ、という返事に良かった、と返してくる委員長は佐藤くらいのものだろう。

「それじゃ、番号！」

佐藤の「それじゃ」あたりで、私は息を鋭く吸っている。

「いち」

私はお腹に力を入れて、なるべく大きな声を出す。に、さん、し、とあとは勝手に、ドミノ倒しみたいに続いていくだけだから、私は心底ほっとして、強張っていた肩の力を抜いた。

クラス全員分の点呼を取った佐藤と、健康状態を確認して回った副委員長の大塚が、担任の先生に報告しに向かう。

各クラスの確認が終わったところで、校長が挨拶のため前に出てきた。タクシー乗り場前の通行人が、懐かしそうな、どこか羨ましさすら感じられる目つきで、私たちや校長を一瞥して歩き去っていく。

今年は欠席の生徒がひとりもいないようです、日頃のたまものですねと、校長が笑みを浮かべて言う。スルセイの校長のいいところは、こういう行事ごとでの挨拶が極端に短いところだ。悪いところは、二、三分の挨拶上で披露される人柄以外のことを知らないので、特に思いつかないけれど。

最後に学年主任の口から注意事項が伝えられたあとは、五組から順に立ち上がり、新幹線のホームへ移動していく。

新幹線の座席は出席番号順に決められていて、帰りもまったく同じ号車・座席が用意されているという分かりやすさだ。仲のいい生徒で固まるのはほとんど不可能だが、これは移動中のトラブルを嫌った先生たちの策略だろう。

荷物棚にボストンバッグを押し込んでからしばらく、静岡駅発、新大阪行きのひかりは発車した。ふざけて叫ぶ生徒が、さっそく他の乗客の迷惑になると先生に叱られている。

進行方向に向かって緩やかに流れだす景色をぼぅっと見ながら、ああ、修学旅行が始まった、と思った。

◇

◇

私は素直から二時間近く遅れて、用宗駅のホームに立っていた。

両親が仕事に出かけて、他の生徒とも鉢合わせしないだろう時間帯である。

空気は冷たいけれど、お天気はまさに修学旅行日和。でも山の天気は変わりやすいというから要注意。私は背負ってきたリュックに、折りたたみ傘もきっちり入れてきていた。

券売機で富士宮までの切符を買う。片道九百九十円。今まで買った中でいちばん高価な切符は、改札に通したあと、なくさないようリュックの内側ポケットに仕舞っておいた。

閑散としたホームに、焼津駅からやって来た上りの電車が入ってくる。私は一段と気を引き締めて、その車体を見つめていた。

待ち合わせは用宗八時五十分発の上り電車、その先頭車両である。私はスマホを持っていないので、アキくんと会えるかどうかは、彼が予定通りの電車と車両に乗っているかにかかっている。

ちゃんと会えるかな。会えますように。

果たして、アキくんはすぐに見つかった。

ドアが開くより早く、私たちの目は合っていた。アキくんはドアのすぐ前に立っていたのだ。ちゃんと合流するための、シンプルで確実な方法だった。

早く開いて、と念じた瞬間、応じるように電車が口を開けてくれた。

「アキくん！」

「おはよ」

軽く手を振る。五日ぶりのアキくんは、短い挨拶だけで私の気持ちを落ち着かせてしまう、不思議な力を持っているようだった。

通勤時間とずれているためか、車内にはまばらに座る人の姿があるだけだ。

私たちはドア横の、二人がけの席に腰かけた。二人して背負っていたリュックを膝の上に載せてしまえば、お揃いみたいで嬉しくなる。

私を見て目を細めたアキくんが、「かわいいな」と言う。がんばって、ちゃんと言葉にしてくれていると知っているから、私だって応えたいと思う。

「そちらこそ、かっこいいですよ」

「なんで敬語？」

「ふふふ」

だって、さらりと言うのは恥ずかしい。

今回、アキくんからは動きやすい格好でと言われていたので、私は白のタートルネックニットに、カーキのチノパンという服装。足元も底がぺたんとしたスニーカーを履いている。寒さ対策は裏起毛のインナーと、使い捨てカイロを持ってきた。カイロ以外は素直が貸してくれたものだ。

アキくんはグレーのスウェットパーカーに、デニムパンツを合わせている。

お互いシンプルで、カジュアルな装いである。

車窓の先では、住宅街が途切れない。今から牧場に行くぞ、という感じである。

牧場の最寄り駅である富士宮駅までは、乗り換えを含めて片道一時間以上かかる。そこからはバスに乗る予定だ。次は清水駅、清水駅……。

「そうだ。アキくん、これどうぞ」

私はリュックの背中側に入れていたそれを取りだした。

こう言ってはなんだが、今日まで私はとにかく暇だった。指折り数えながら、今日という日を待った。待ち続けていた。ますます時間を長く感じてしまい、辛くなった。

そこで思いついたのだ。

「修学旅行のしおり、作ってみたんだ」

「わざわざ？」

「うん。わざわざ」

お父さんの部屋にはプリンターがあるけれど、せっかくなので手作りしてみた。なんせ、時間だけはたっぷりあったのだ。

余っているクラフト紙を見つけて、プリンターからはプリント用紙だけこっそり拝借して、私は二人分の手書きのしおりを作成していった。

タイトルはそのまんま、修学旅行のしおり。左上でハトメにしてあるので、ちょっぴりおしゃれに仕上がったと思う。

しおりがあると旅行だって実感が湧き上がってきて、もっと待ち遠しくなって絨毯を何度も転がったのは、アキくんには内緒だ。

「見てもいい？」

受け取ったアキくんの声は普段より弾んでいた。

「もちろん」

そのために用意したのだ。

レイアウトは、素直の持つしおりを参考にした。私が作った旅のしおりは、学校で配付された青いそれに比べてずっと薄っぺらい。

開いて最初のページには、黒マーカーとボールペンを駆使して、修学旅行の指標となるスローガンが書いてある。

「『はしゃげ』」

アキくんが読み上げる。私は急に恥ずかしくなり、唇をすぼめた。

「他にね、思いつかなかったの……」

「『はしゃげ』」

「次！」

横から手を伸ばし、無理やりめくっておいた。

次ページからは今回の旅の目的が書いてある。リョウ先輩が案内してくれると言った魔界の牧場を知ること。富士宮の魅力に触れること。

……そして旅のお供と素敵な思い出を作ること、などなど。

「思い出」

「う、うん」

「俺との素敵な思い出ね」

「次！」

日程については、ほとんどが空白だ。

書き込んであるのは、アキくんが調べてくれた行きの電車とバスの時間だけ。まだ泊まる宿も決めていないからである。というのも高校生だけでホテルに宿泊するには、親権者の同意が必要だそうなのだ。

無論、愛川素直と真田秋也は修学旅行に向かっているわけだから、両親に頼んで同意書を書いてもらうわけにはいかない。

このままでは結局、私たちの修学旅行は日帰り旅行になるのかもしれない。残念だけれど、仕方ないとも思う。

しおりをのんびり読んでいたアキくんが、とあるページで噴きだした。

「ここだけ、文字びっしりだな」

持ち物チェックのページである。私は大仰に溜め息を吐いた。

「本当はこれ、旅行前に渡したかったの。アキくん、忘れ物だらけかもしれないから」

私は隅から隅まで事前チェックしてある。お小遣いは交通費と宿泊費込みで五万円まで。おやつは荷物になるので、現地調達に限るべし。

「旅行委員さん、チェックしてもらえます？」

「では失礼しまして」

リュックを受け取ろうとしたところで、アキくんが言う。

「二日分の下着も入ってるけど」

私は預かりかけた荷物を突き返した。

「顔が赤いから、熱があるみたいだな。旅行委員さん、常備薬は持ってきました？」

もうっ、うるさい。

旅行でテンションが高まっているのか、調子づくアキくんの二の腕をつねってやる。残念ながら、厚手の生地に阻まれて、スウェットをむぎゅっとしただけに留まったが。

最後のページまで見終わったアキくんが、首を捻っている。

「見間違いかもだけど、巻末に感想文のページが四ページもあるような……」

「ぜんぶ埋めて提出するまで、帰れないルールなので」

居住まいを正した私は、厳格な口調でそう告げた。今回の修学旅行の、唯一にして絶対のルールなのだ。

マジか、とアキくんが笑う。私もつられて笑ってしまう。

京都の修学旅行みたいに、数えきれないほどの見学場所を予定しているわけじゃない。とにかく魔界の牧場、とりあえず魔界の牧場、ってだけの見切り発車で、私たちは出発した。

いざとなったら牧場についてだけで、四ページ書かなくてはならない。でも実際は、それっぽっちのページじゃ足りないのだと思う。

「でも修学旅行なのに行き先が県内って、あれだったかな？」

「あれ？」

ごにょごにょと私は続ける。

「ちょっと、その……もったいなかったかなって」

しおりを作っているとき、ふと思ったのだ。

私は今、どこにでも行ける切符を一枚だけもらえるとしたら、他のどこでもなくてやっぱり富士宮市に行きたい。

でもアキくんはどうだろう。真田くんたちが過ごしている京都に行ってみたかったんじゃないだろうか。私の意思を尊重して、無理をして付き合ってくれているのではないだろうか。

古き都、京都。そこはあらゆる観光名所や景勝地が集まっていて、おいしいものもたくさんの、すごいところだという。テレビで見る限り、国内でも一二を争って人気の旅行地といって過言ではないだろう。

「すっごくあれなこと、言っていい？」

文句を聞く覚悟はできている。私は大きく頷いた。

「ナオと一緒なら、わりとどこでもいいよ。俺」

アキくんは、柔らかくはにかんで続ける。

「それに俺も、リョウ先輩の故郷に行ってみたかったから」

「……うん」

本心からの言葉だと分かったから、私は頷きを返す。

「まー、ナオがリョウ先輩のこと好きすぎて、ちょっと妬けるけど」

アキくんが私の肩に軽くぶつかってくる。強めの当たりで私は返す。

がたんごとん。車体が揺れるたび私たちはもたついて、同じ方向に揺れた。

ハーフアップの髪も踊って、二人用のブランコに乗っているようだった。小学生だってはしゃがないような、他愛ない遊びだった。

リョウ先輩への好きと、アキくんへの好きは、ぜんぜん形が違う。彼への好きは、他の好きとは重ならないところにあるのに、そんなことにも気づいていないのだろうか。

そういうところが、どうしようもなく、かわいい、って思っちゃう。

私は新しいアキくんを知るたび、これからも、ああ、好きだなぁって思うのだろう。このまま好きになりすぎたら、胸がパンクしちゃうかもしれなくて、アキくんにはもうちょっと出力抑えめにしてほしいな、なんてばかなことを考える。

アキくんは、どうだろう。

彼にとっての私は、かわいいだろうか。パンクしそうだろうか。してくれたらいいな、なんて、もっとばかなことを考えていたら、アキくんが「あっ」と声を上げる。

まさか心の声が漏れていたのでは、とびっくりした。

「次、富士駅。乗り換えだ」

「え？　もう？」

リュックを背負い、私たちは慌ただしく電車を降りる。

ＪＲ東海道本線から、次は身延線へ。ホームには甲府行きの始発電車が待ち構えていた。電光掲示板を見上げた私は、首を傾げる。

「ワンマンって書いてあるね」

いつもなら普通、とだけ書かれている種別の部分に、普通［ワンマン］という見たことのない表記がされているのだ。

俗にいうワンマン社長みたいな電車を想像してみる。もしかしたら、降りたいですとお願いしても富士宮駅で降ろしてくれなかったり……問答無用で終点の甲府まで行っちゃったり……。

「ワンマン電車とは、車掌が乗車せず運転士だけで運行する電車のこと、だって」

立ち止まってスマホに触れていたアキくんが教えてくれる。ぜんぜん違ったけれど、良かった。

「駅によっては、ドアも横にあるボタンを押さないと開かないらしい」

「任せて。私、ちゃんと押しますから」

胸を叩いて電車に乗ると、浅葱色のボックスシートが迎えてくれた。

用宗駅からついてきた富士山は、ここに来てさらに大きくなって存在感を増していた。山頂にかかる雲や山肌まで、くっきりと見えて美しい。

さすが富士駅。富士を冠する地域から見える富士山は一味違うのだ。

聞き覚えのない駅に何度か停車しながら、富士宮駅には二十分後に到着した。

ちなみに降車時は他の人が慣れた様子でボタンを押してくれたので、すんなりとドアが開いた。

「ナオの出番、回ってこなかったな」

「か、帰りこそは押しますから」

腕をぐるっと回して、やる気をアピールしておいた。

バスの本数の関係で、降車駅は新富士ではなく富士宮。アキくんによると季節柄、牧場に向かうバスはかなり少なくなってしまうそうだ。

富士宮駅二階の北口を抜け、直通の陸橋を歩く。案内板によると、左側の階段下にバス乗り場があるようだ。

十五分後に来る予定のバスの姿は、当然ながらまだなかった。

煉瓦色の通路を進み、何気なく運行路線図を見た私は、そこで立ち止まる。まかいの牧場、という見慣れない表記を目にしたからだ。

「……魔界の牧場がひらがなになってる」

これはいったいどういうことだろう。

漢字にしなかったのは、何か意図があるのか。それとも素人を騙すための巧みな罠なのか。

顎に手を当てて疑わしげに眺めていると、アキくんが種明かしをした。

「実は馬飼野さんがオーナーの牧場だから、まかいの牧場らしい。馬を飼う野って書いて、馬飼野」

私は解説を聞いて拍子抜けした。

「魔界にある牧場じゃなかったんだ……」

てっきり富士宮に、異界に通じる門が開いているのかとどぎまぎしていたのに。

まかいの牧場、と心の中で呟いてみる。あっという間に暗黒の門は閉ざされて、嘘のように穏やかな高原の風を頬に感じられるのだから、自分でも謎である。

「というかリョウ先輩、そうならそうって言ってくれれば」

「反応いいから、わざと伏せてたんだろ」

「アキくんだって、気づいたなら早く言ってくれれば」

「反応いいから、わざと伏せてたんだよ」

なんて意地悪な人たちだろう。まったくもう、と私は頬を膨らませる。いじけた振りをしてみても、顔のだいたいは笑ってしまっていた。

リョウ先輩のことを考えて、その名前を口にすると、胸の奥に痛みが走る。ともすれば泣きたくなる瞬間がある。たぶんどんなに時間が経っても、それは変わらないのだろう。彼女のことを思うとき、安らぎだけに包まれることは、もう二度とない。

それでも私は、毎日じゃなくても、誰かとこんなふうにリョウ先輩の話がしたいと思った。彼女がどんなことを言って、どんな表情を浮かべていたのか、脳裏に呼び起こしたいと思う。何年後も、何十年後でも、そうしていたかった。

バスを待つ他の人たちみたいに、待合室でのんびりしても良かったけれど、せっかくだから各路線図を見て回ってみる。

私たちが乗る予定の富士急バスはまかいの牧場だけでなく、白糸の滝、もちや遊園地、富士急ハイランドなどに行くにも便利なバスのようだ。どこにも行ったことはないが、富士急から反射的に廃病院のことを連想してしまい、全身にぶわぶわ鳥肌が立ってしまった。

別の路線では関西行きの夜行バスも出ているようで驚いた。行き先には京都や大阪の文字がある。たった一本のバスで修学旅行中の素直のもとに辿り着けてしまうのかと思うと、不思議でならなかった。

今頃、素直はどうしているだろう。そろそろ京都に着いた頃だろうか。体調を崩していないだろうか。忘れ物は、していないだろうか。

しばらく意図的に遠ざけていた素直の記憶を探ってみる。修学旅行の班は真田くん、吉井くん、佐藤さんと一緒。見学先についてみんなで調べて、充実した毎日を送っているようだった。

青陵祭の準備をした日々は、今や幻想のように遠い。

でも私は心のどこかで、素直がまた私を頼ってくるのを待っている。お腹が痛くなった素直が、全部だるくなってしまった素直が、今までと同じように私に任せてくれるのを……。

「ナオ？」

私がしばらく黙っていたからか、名前を呼ばれる。

我が儘で厄介な自分に苦笑いしてから、私は指さした。

「アキくん。バス、来たよ！」

一分一秒。まかいの牧場は、どんどん近づいてきている。

今はただ、二人きりの修学旅行を精いっぱい楽しんでいたい。

閑話　後輩は、待つ。

一限の休み時間、律子は教室で本を読んでいた。

お気に入りのライトノベル、その最新刊だ。昨夜から読み始めて、あまりに先が気になったので、ブックカバーを巻いて学校に持参した。たった十分の休み時間、何かに急かされるようにページを目で追っているのはそのためである。

周りには、そんな生徒が何人かいる。学校が提供した秋の朝読書の時間は、数人の生徒に読書を習慣づけさせることに成功したようだ。

胸を熱くさせる物語の世界に浸りながら、心のどこかで、律子は別のことを考えていた。

存続が危ぶまれていた文芸部だが、赤井先生に聞いたところ、その話は立ち消えたようだ。教師陣を説得すると豪語してくれたリョウは、その直後にいなくなってしまったから、代わりに動いてくれたのはおそらく副会長の隼だろう。

あるいは学校側も文芸部に構っている場合じゃなくなった、ということなのかもしれない。

それでもお礼を言いたくて教室を訪ねてみたけれど、彼は今週から学校を休んでいるという。

その理由には考えずとも思い当たって、どうしようもなく気持ちが落ち込んだ。

物語の中で、人の死というものを何度も、それこそ当たり前のように描いてきた。獅子奮迅の最期の活躍、散っていく仲間が生き残った者に遺す印象的な言葉を、湯船に浸かって考え込んだ夜もある。

最近のライトノベルは、そういうハードな世界観の話が人気だったりもする。今読んでいるのもそういう系だ。大切な人を喪い、理不尽で過酷な現実に苦しめられて、のたうち回って、それでも立ち上がる主人公の姿に痺れるのは律子も同じだ。涙しながらも、かっこいいと憧れてしまう。

もちろん現実も変わらない。人はいつか死んでしまう。親族は長命の人が多いが、何度か親戚の葬式にも出た。

だがリョウは違う。レプリカである彼女は死んだのではない。すずみが息を引き取った直後、当然のように地上から消し去られてしまったのだ。何もかも、最初からなかったかのように。

それは、なんて残酷でおそろしいことなのだろう。

律子は知っている。間違いなく、リョウは人間だった。ナオやアキもそうだ。自分と何も変わらない、ふつうに泣いて笑って怒ったりする、ただの人間だった。

みんなで挑んだ演劇の楽しさを覚えている。まだ台詞を諳んじることだってできる。かぐや姫の美しさだって目に焼きついているのに、演じた彼女はもうどこにもいないのだ。

律子のクラスでは、『新訳竹取物語』の一場面を撮影した動画が出回っていた。劇の序盤、舞台上のリョウやナオたちが話しているシーンだ。「閲覧注意！　幽霊出現動画！」と名づけられたそれは、教師に見つかり、関わった数人が生徒指導室に呼びだされていた。

ナオたちには言えなかった。こんなことを、言えるはずがなかった。

ナオやアキはきっと、リョウの消失を我が物として感じているだろう。律子の胸もまた、掻きむしりたいほどに苦しいのだから、二人の悲しみは比べものにならないはずだ。

　でも律子は自室以外では一度も泣かなかった。二人の前では明るい自分でいると決めていた。律子が笑いかけると、ナオはいつも嬉しそうに笑い返してくれるから。

　同学年の友達は、少ないけれどちゃんといる。今だって律子が真剣にラノベを読んでいることに気がつき、声をかけずに見守ってくれるような、気の合うオタク友達である。

　毎日がそれなりに楽しくて、でもたまにナオたちといると、もう一年早く生まれていたらと思うときがある。

　そうしたら、大好きな先輩たちのクラスメイトとして……もっと傍で、力になれていたのかもしれないのだ。

「……なんて、ないものねだりですけど」

　教室内の喧噪に掻き消される程度の声で、律子は呟く。

　いつだって理想は蜃気楼のようなものだ。二章の終わり、律子はいったんページから目を離すと、窓の外を眺めた。

「自分も、京都行きたかったなぁ」

　いつだって京都には、オタクの心を熱くさせるものがある。陰陽師。新撰組。刀剣……このひとつも心に引っ掛からないオタクがいるだろうか？　いや、いない。

　律子の場合、中学の修学旅行も行き先が京都・奈良だったのだが、京都には何度行ったっていい。数日じゃ回りきれないほど見所満載の観光地なのだ。

「お土産、楽しみだ」

京都だったら八ツ橋とか、千寿せんべいとか？　それはちょっと王道すぎ？　富士宮は、どんなに頭を捻っても富士宮やきそばしか思いつかないが、牧場となるとまた違ってくるだろう。牛乳、ヨーグルト、チーズなどなど、乳製品が盛りだくさんに違いない。

本当は別に、お土産なんてなくたっていい。笑顔のお土産話があれば、それだけで最高だ。

律子は、澄み渡った静岡の空を見上げる。

京都と富士宮。

行き先の異なる二つの旅が、どちらも天気に恵まれた楽しい旅になればいい。

そこでふと、律子は宙を見上げる。

「……そういえば最初におかしいって思ったの、いつだっけ」

ここ最近のことではない。律子は以前より、素直には別のもうひとり……別人格のような存在がいるらしいと気がついていた。

小学生の頃、町内会で知り合った素直とはあっという間に仲良くなった。朗らかで優しいのに、ちょっとおっちょこちょいで、怒った顔までかわいらしい、魅力的な女の子。

そんな年上の彼女のことを、律子はすぐに好きになった。素直ちゃん、素直ちゃん、と呼んで慕い、引っ越す前は家族ぐるみの付き合いをしていた。

いや、そうじゃない、と律子は軽く首を振る。

「最初は素直先輩のこと、ナオちゃんって呼んでたんだっけ」

その瞬間、妙な感覚が律子の胸をよぎった。

「……ん？」

首を捻る。

それは、あれによく似ていた。推理ドラマを観ていて、犯人が分かりそうで分からない、もどかしい感覚。全編を通して、さりげなくちりばめられたヒントをかき集めれば真相に辿り着けるはずなのに、何か重要なことを見落としたまま時間だけが過ぎていく、あの感じ……。

律子はしばし、ううむと唸って考えていたが、予鈴が鳴ったせいで気が散ってしまった。

鳴り終わるより早く、英語の先生が教室に入ってくる。今日は当てられる日だと思いだした律子は、慌てて教科書を引っ張りだした。

第3話　レプリカは、味わう。

修学旅行一日目。

重要文化財にも指定されている、伏見稲荷大社の楼門前。一組の担任と生徒は全員整列し、集合写真を撮っていた。

「みんな、いちたすいちはー？」

七月の遠足でも見かけた陽気そうな男性が、一眼レフを取りつけた三脚越しに言う。古すぎー、と生徒に笑われるのにも慣れた様子で、連続でシャッターを切っている。彼が撮影した写真の多くは、卒業アルバムに収められるのだろう。

最高気温は十四度。最低気温は四度。昼間でもひんやりとした冷気が、首筋を撫でていく。

写真チェックの合間の数秒、私は立派な楼門を見上げて小さな息を吐いた。

むしろ京都では、立派でない神社仏閣のほうが珍しいのだろうと思うけど、お稲荷さんの総本宮・伏見稲荷大社はその中でも特に大きく立派な神社だ。清水寺や金閣寺に並ぶメジャーどころである。

参拝者数では圧倒的一位に輝いているという情報通りに、参道には人がごった返していた。見たところ、参拝客の六割近くは外国人であるようだ。かろうじて英語だと分かる響き以外にも、聞いたことのない言語が頭上を飛び交っていた。理解が追いつかないタイプの方言も交ざっていると、それこそすべてが異国のもののように聞こえてくる。

交通事情や管理の都合によるものか、一日目の見学コースは三つに分けられていた。二年一組と二組のバスは、伏見稲荷大社、清水寺、金閣寺、銀閣寺、三十三間堂という順番で巡っていく。三組と四組、五組もそれぞれ別のコースを巡り、見学先の神社は一部しか被らないようになっている。

旅行中は分刻みのスケジュールが定められている。バスを降りて、三十分から五十分ほど見学したら、バスに引き返して次の場所へと連れていかれる。その繰り返しだというのが、修学旅行委員が作成したしおりを一通り読めば、自ずと分かるようになっている。

修学旅行なんて、どこもこんなものなのだろう。何もかもが事前に決められているのは、何かを決めるのを面倒に思う人間にとっては気楽だ。

写真撮影が終わり、三々五々歩く生徒には、華やいだ空気があった。まだ京都に着き、見学が始まって間もないからだ。

これが銀閣寺あたりになれば、隠しきれない疲労の色が見え始める。バスの中で寝てしまう生徒だっているだろう。かく言う私も、その一員になる自信があった。ただでさえ早起きで疲れているし、歩くのだって好きじゃない。

旅行の本番は明日からだ、という意識が強いのは、明日は班別の行動、明後日は完全自由行動が許されているからだ。

私たちの班のテーマはというと、特に難航せず『百人一首』に決まった。このテーマなら嵐山にさえ行っておけばどうにかなる、と佐藤が言い張ったのだ。

実のところ好きなアニメの聖地巡礼を目論んでいるらしく、「嵯峨嵐山は絶対に外せないし、一日目は清水寺にも行けるから最高！」とはしゃいでいた。吉井もまた、嵐山はコナン映画の聖地だからとあっさり説得されていた。

私と真田は、あまり主張の強い意見を言わなかった。真田は周囲に遠慮しているようだったが、私は単にそういうこだわりが薄いので、好きな人に任せておけばいいと思ったのだ。

歴史や古い町並みを、それなりに素敵だとは感じても、強い興味があるわけではない。しおりに書かれた修学旅行のテーマには、古都の歴史や文化に直接触れ、日本人としての教養を育てててうんぬんかんぬん……という文言が記載されていたが、私なんかより周りを歩く外国人のほうが、よっぽど日本人の雅で繊細な心というやつを解していることだろう。

一日目はクラスさえ同じであれば、好きな相手と回っていいことになっているが、私たちはなんとなく同じ班の四人で固まっていた。

幅のある石砂利の道を、横一列に広がって歩く。重要文化財に指定されている本殿を眺めながら、右隣を歩く佐藤がこれ見よがしに溜め息を吐いた。

「一クラスにひとりはいるよね、集合写真撮るとき寝っ転がってピースする奴」

「委員長、もしかして羨ましかったん？　次は一緒にやろうぜ」

「だが断る！」

言うまでもなく、寝転がったのは目立ちたがり屋の吉井である。そういうおちゃらけた行動が、教師にもクラスメイトにも笑って許されるというのは、彼ならではの特権だろう。

真田はといえば、楼門や本殿など、各所に設置されたＱＲコードを見つけるたびこまめに読み込んでいる。覗き込んだところ、観光音声ガイドが聞けるらしい。

「今聞いてみないの？」

「バスで聞こうと思って。感想文書くのに役立ちそうだから」

「うげ！　いやなこと思いださせんなよ」

舌を出す吉井に、真田はスマホを仕舞いながら気安く言い返す。

「いいのか、そんな態度で。あとで泣きついてきても知らないからな」

「真田せんぱぁい、冷たいこと言わないで助けてくださぁい」

吉井が後ろに回り込み、真田の肩を揉む。班で調べ物を進めるうちに、この二人の距離感も自然なものになっていた。

ふざけたことを話して歩いているうちに、前方に目にも鮮やかな朱色の鳥居が見えてきた。ひとつではない。いくつもいくつも奥に連なる幻想的な鳥居だ。

その鳥居に被さるようにして、真っ赤に色づいた紅葉が揺れている。参道でもちょくちょく見かけていたけれど、鳥居の間から差し込む日の光に照らされた紅色は、まばゆいほどに艶やかだった。

「うわ、すげー」

吉井が惚けたように大口を開けている。まったく同じ顔をしているのに気がついて、私は慌てて唇を引き結んだ。

「記念撮影しましょ、記念撮影！」

意気込んでスマホを構える佐藤に応えるように、あちらこちらからシャッター音がする。記念撮影だらけの中、私たちは稲荷大神と書かれた扁額と枝ぶりのいい紅葉が一緒に写るように、しゃがみ込んでポーズを取った。

佐藤が構えるスマホの中から、中途半端に顔を寄せる四人が見返してくる。男子二人が仲良しだからって、他の関係性までオセロみたいに同じ色に染まるわけではない。

少なくとも私はそうだ。白でも黒でもないから、みんなを戸惑わせている。

喧噪に対抗するように、吉井が声を張る。

「顎下ハートしようぜ」

「なんだそれ」

「もうっ、ピースでいいでしょピースで。後ろ詰まってるんだから」

結局どっち、と思いながら、とりあえずハートを作っておく。

なんとか撮れた一枚の写真は、右上の吉井と左下の私が顎ハートで、しかも吉井は変顔で、左上の真田と右下の佐藤はピースをしていた。真田は証明写真と勘違いしたような無表情だし、ちぐはぐで、ひどい写真だった。

ついでに横や後ろに知らない人がいっぱい写っていた。隅っこでは金髪の小学生くらいの男の子が、満面の笑みでピースしている。誰だよ、と吉井がげらげら笑う。こいつは大しておもしろくなくても、大口を開けて愉快そうに笑う。

後ろがさらに混んできているので、私たちは会話もそこそこに歩きだした。私に見えるのは佐藤の背中、その前を歩く知らないカップルの背中くらい。

この先に何が待っているのか、私は知らない。

「千本鳥居って、なんか神秘的でいいよね」

佐藤の丸い後頭部で、日差しがたわむように揺れている。話しかけられたのか独り言なのか、判別がつかなかったので返事はせずに、私は小さく頷いた。

いくつもいくつも。道の先に続く鳥居は、本当に千本もあるのだろうか。どこまでも続いているのだろうか。ネットで検索して、終わりがあるというのは事前に知っていても、知らないまま引き返したいような気持ちに駆られてしまう。

「あー、分かるわ」

少し遅れて、後ろの吉井がしたり顔で頷く。

「なんつうか、ポッキー的な」

「……ん？　ポッキー？」

歩みを止めないまま、佐藤が振り返る。急に出てきた単語の意味がよく分からないようだ。

「いやー、ずっと見てると鳥居がさ、逆ポッキーに見えてくるなと思って。チョコ少なくて持ち手長すぎるポッキーに似てね？」

鳥居の合間を縫うようにして、冷たい風が吹く。

「……すごいセンスだな」

「千本鳥居捕まえてポッキー呼ばわりとか、吉井マジ吉井」

逆に感心したように、まじまじと吉井を見つめる真田と佐藤。そんな二人の反応を受けて、吉井はわざとらしく目を潤ませた。

「何よ二人してっ、おれのことばかにしてぇ」

「ばかにしてるっていうか、ばかだと思ってるけど」

「あーそれルール違反！　もう悪口の領域入ってますからー！」

激しく言い合いながらも、全員足は止めない。

会話を聞き流しながら鳥居を眺めていて、私ははっとした。鳥居がだんだん、地面に生えた巨大なポッキーの群れに見えてきてしまったのだ。

しかもただのポッキーじゃない。逆ポッキー。持ち手が長すぎて、チョコがほとんどかかっていない、すごく損した気持ちになる逆ポッキー……。

「ふっ」

漏れてしまった吐息。

私はとっさに、それを軽い咳払いで誤魔化そうとする。

「……あれ？　愛川さん、今笑った？」

吉井は目敏い。というか、耳聡い。思わず噴きだしてしまったのを、しっかりと聞き取ったようだ。

正面に回って顔を覗き込んでこようとする吉井から、私は顔を背ける。ここで認めたら旅行中しつこくからかわれそうで、想像するだけでむかついてきたのだ。

「笑ってない」

「いやいやいや笑ってたって。絶対笑ってたっしょ？」

「だから、笑ってないってば」

絶対に認めてやるもんか。断固とした強い気持ちで否定しているのに、吉井の顔を見ていると力が抜けてきて、なんだかまた笑えてきてしまう。

言うに事欠いて、逆ポッキーって。貴重な文化遺産相手に本当に、無礼千万だ。

「愛川さんが……笑った！　愛川さんが笑った！」

「クララが立ったみたいに言うな」

私は思いっきり吉井の向こう脛を蹴った。

「いってー！」と大袈裟に飛び跳ねて痛がる吉井の姿に、真田や佐藤も笑う。私もまた、悟られない程度に口のはしっこを緩めた。

まだまだ、修学旅行は始まったばかりだ。

◇

◇

「まかいだー！」

貸し切り状態だったバスを降りるなり、両手を広げて私は叫んだ。

富士宮駅を出発して二十五分。私たちは、待ちに待った魔界……ではなく、まかいの牧場に到着していた。

富士山の麓である朝霧高原は寒いくらいだったが、空気がよく澄んでいる。額に風を受けながらめいっぱい息を吸うと、肺が丸ごと洗われたようで気分がいい。

まずは誘惑だらけの入り口を抜けて、券売機で二人分のチケットを買う。

広大な敷地を誇るまかいの牧場は、入場ゲートを越えてすぐのところに広場があった。芝生を子どもたちが走り回るのを見ていると、私も一緒に駆けてみたくなった。

左側にはいくつか建物が見える。私たちは、とりあえず右に向かって場内を歩いてみることにした。そちらのほうがより人が集まっているし、動物の気配を濃厚に感じるのだ。

勘は正しかったようで、さっそく前方に小さな小屋が見えてきた。

三角屋根の小屋の横には、三匹のヤギが繋がれている。

「ヤギだー！」

私はヤギを怖がらせないよう、体勢を低くしてそろそろと近づいていく。

「さっきからテンション高いな」

「修学旅行ですから！」

堂々と答えてから、ちょっと恥ずかしくなってきたので音量を調整する。

「ヤギだー……」

直毛で筋肉質。身体の大きさがそれぞれ異なる三匹のヤギたちは、私にまったく興味を示さず、こちらにお尻を向けてしゃがんでいる。ぴんと立った尻尾がかわいい。

ヤギって、めぇーって鳴くんだっけ。それは羊？

「へぇ、おさんぽヤギだって」

アキくんの視線の先を確かめると、目の前の小屋でおさんぽヤギなるイベントの受付がやっているらしい。

エサつき、二十分三百円。ちょうど十一時を過ぎたところなので、受付時間に当たるようだ。

「やってみる？」

犬の散歩もほとんどしたことがない私は、その誘いに飛びついた。

「やる！」

さっそく受付のお兄さんに話しかけて、半分ずつ料金を支払う。

「では、お好きなヤギを選んでください」

小屋の前に繋がれているのが、おさんぽヤギのメンバーのようだ。

他のヤギは仕事で出払っている最中らしい。相変わらずお尻しか見えないなと思っていると、おもむろに一匹が立ち上がってこちらを見る。

ぱちり、と目が合った。見るからに身体の大きな、真っ白いヤギだった。

にやりと笑っているような目と、貫禄のある長い顎ひげを見つめる。その瞬間、私の脳裏に閃いたのは絵本『三びきのやぎのがらがらどん』だった。

ところが　そのとき、もう　やってきたのが　おおきいやぎの　がらがらどん。
がたん、ごとん、がたん、ごとん、
がたん、ごとん、がたん、ごとん　と、はしが　なりました。
あんまり　やぎが　おもいので、はしが　きしんだり　うなったりしたのです。

谷に住むトロルと出会してしまう、身体の大きさが違う三匹のヤギ。全員同じ名前のがらがらどん。トロルをこっぱみじんにして倒してしまう、おおきいヤギのがらがらどん……。

「そのヤギ？」

見つめ合う私とヤギの思いを、アキくんは察してくれたようだった。

「うん！」

小屋からスタッフのお兄さんが出てくる。

「本当に、この子……コユキちゃんでいいですか？」

「はい」

もう私は、この雌らしいヤギ……コユキちゃんに運命を感じていた。見た目は厳つくて迫力があるけれど、名前だってアルプスっぽくて素敵だ。

決意を固めた私に対し、お兄さんは厳しい顔つきになっている。

「本当にいいんですね？」

「は、はい」

こんなに入念に確認されるものなのだろうか。気圧されながらも首肯すれば、お兄さんが
「分かりました」と頷きがてら問いかけてくる。

「お二人は、おさんぽヤギは初めてですか？」

私たちは首を縦に動かす。

「ではまず、勘違いを捨て去ってもらいます」

……え？

「お二人が、ヤギを散歩してあげるんじゃありません。ヤギにお散歩されるんです」

なんだか、とんでもないところに来てしまったような。

「詳しいルールを説明します」

お兄さんは慣れた様子で、おさんぽヤギのやり方について説明してくれた。説明のあとは、まずアキくんがお散歩セットを受け取り、私がコユキちゃんのリードを掴む。

両手は絶対にリードから離さないように、と指導を受けた。しかしヤギを無理やり引っ張ってはいけない。行き先を誘導したいときは、鼻の先にエサのペレットを投げるようにする……。

私はお散歩のルールを何度も心の中で復唱した。

「二十分後には小屋の前に戻ってきてくださいね。それでは、行ってらっしゃい」

「行ってきま」

手を振るお兄さんに、私は挨拶を言い終えることもできなかった。

その瞬間、身体がぐっと前のめりになっていたからだ。

「わ、っわ」

ぐいぐいと引っ張るコユキちゃんに、よろめきながらついていく。

さっそく花畑のほうに入りそうになり、慌ててアキくんが別の方向にペレットを一粒投げる。

コユキちゃんはそれを一口で飲み込むなり、再びあらぬ方向へと進もうとする。

私は早くも恐慌状態に陥っていた。

「アキくんヘルプ！　交代！」

「まだ二分も経ってないけど」

「そんなぁっ」

行きと帰りで十分ずつ割り振って役割を交代しよう、と提案したのは私である。まだ何も知らなかった頃の、呑気で平和ぼけした私である。

お兄さんの発言の意図がよく分かった。本当にいいのかと、すごみのある表情で再三確認された意味も。

私が選んだコユキちゃんは、ものすごい暴君だったのだ。

とにかく馬力、もといヤギ力がすごすぎる。別の方向にぐんっと首を動かす一動作だけで、私は簡単に引きずられてしまう。

ヤギ界隈の中でも、一際名の通った女王様のような存在に違いない。道ばたに落ちている葉っぱを目にも止まらぬスピードでもしゃっと頬張るコユキちゃんを、おさんぽヤギに参加していない柵越しのヤギたちが興味深げに見つめる。コユキちゃんが近づくだけで、他のお散歩中のヤギたちは道を譲っている。

まさに縦横無尽。豪放磊落。

「でも、かわいいー！」

引っ張られつつ、私は叫んだ。

気ままで、我が儘で、好き勝手やるけれど、そんなコユキちゃんはとってもかわいかった。長いひげに覆われた顎を、わしゃっと撫でてあげたい。ムキムキの身体もちょっと触ってみたい。しかしそんな隙は見せず、ただひたすらコユキちゃんは我が道を行くのである。

「あっ、アキくん、うんち出てるよ。うんちうんち！」

「それは語弊がある！」

慌ててアキくんが、ぽろぽろ道に落ちていくうんちを掃除していく。ヤギたちは所構わずうんちをするので、渡された箒とちり取りで適宜片づけなければいけないのだ。これもおさんぽヤギの大事なルールである。

「アキくん大変！　あと十分しかない！」

「戻ろう！」

私たちは役目を交代した。来た道を引き返すようにコユキちゃんを誘導する。コユキちゃんの眼前にペレットを見せてから、私は勢いよくそれを前方に投げつけた。

力みすぎたのか、ペレットはあらぬ方向に飛んでいき、コユキちゃんは見向きもしない。

「ナオ、下手すぎ！」

「ごめん！」

「ナオ、うんちしてる！」

「語弊があるから！」

笑ったり叫んだりしながら小屋の前に戻ってきたときには、私たちはぐったりと疲れきっていた。

まかいの牧場の洗礼だった。動物は決して、人間の思い通りになんかならないのだ。いつだって自由気ままに生きているのである。

「でも、おもしろかったねぇ」

「うん。だいぶおもしろかった」

ひたすら圧倒されたが、楽しかったのも本当だった。

次なる獲物を見定めているのか、鼻息荒いコユキちゃんに手を振って別れる。

「次、どうするか」

「うーん」

他の動物も気になるが、いったんおいしいものを食べて体力回復に努めたい気がする。

入り口付近で見かけた案内板の前に戻った私は、目を輝かせた。

「バター作りやってみよう！」

所要時間は二十分。牧場の新鮮な素材を使って作るバターは、きっと格別のおいしさだろう。

他にもクッキー作りやソーセージ作り、動物とのふれあいイベントでも気になるものが目白押しだったが、直近で開催されるのはバター作りだけである。

最初に左手に見えたカフェが、受付場所となるらしい。ひとり五百円を支払い、参加者用のプレートを受け取ると、すぐ隣にある食の体験工房へと移動する。

東屋の前では、バター作りを担当するスタッフのお姉さんが待っていた。

そこでプレートを渡して、いざ東屋へ。

開放的な東屋にはたくさんのテーブルと椅子が設置されていて、それぞれのテーブルに、蓋が閉まるタイプのプラスチックの容器、市販のクラッカーの小袋、それに使い捨てのアイスクリームスプーンが置いてあった。容器には、牛乳と思しき乳白色の液体が入れられている。

今回のバター作りには、私たちを含めて十組以上が参加するようだ。大学生くらいのグループや家族連れのグループで、東屋は明るく賑わっている。

十一時になると、先ほどのお姉さんがやって来た。簡単な自己紹介を終えてから、参加者を明るい表情で見回す。

「みんな、さっそくだけど牛乳ってどうやってできるか知ってるかな？　分かる子は手を挙げてみて！」

「気づいたらぁ、かってに紙パックにはいってるー！」

手を挙げるでもなく、参加者の男の子がふざけて叫ぶ。くすくすと笑い声が上がる。

お姉さんは微笑ましげに、両手でバツを作ってみせた。

「ブッブー、外れです。空っぽの紙パックからは、なんにも生まれてきません！」

図を用いながら説明してくれる。母牛は仔牛のために大量の血液を消費して、栄養がいっぱい入ったお乳を出す。それを人間はいただいている。生き物に感謝の気持ちを持って、普段の食事を味わってほしい。

「この容器の中にも、牧場の自家製生乳と動物性の生クリームが入っています」

合図と同時、参加者は全員が容器を振りたくってのバター作りに挑戦する。

お姉さんによると、牛乳の中にある乳脂肪の薄い膜が破れて集まると、固まってバターになるのだという。この脂肪の膜を破るために、とにかく容器を振るのである。

私もまた周囲と同じように、片手に持った容器をぶんぶん振る。右手が疲れてきたら左手に持ち替えて、懸命に振り続ける。

しかしなかなか変化はなく、我慢のときが続く。

本当にいつか固まるのだろうか。半信半疑になっている私の耳が、そこで異音を拾う。

「アキくんの容器、なんか……」

「音が変わってきたな」

アキくんの容器の中からは、もたついているような音がしている。明らかに、私のとは違う種類の音だ。

テーブルを見て回っているお姉さんが、立ち止まって軽く拍手をする。

「彼氏さん、早いですね。ホイップ状態になってきたので、あともう少しです」

「どうも」

褒められたアキくんが、小さく頭を下げる。

祈るように見上げれば、お姉さんと目が合った。にっこりと微笑まれる。

「彼女さんは、もうちょっとがんばっちゃいましょう！」

そんな。とっくにがんばっているのに。

私は絶望的な気持ちになりながらも、諦めずに腕を振り続ける。

そうだ。容器に入っているものは全員同じなのだ。私だけ意地悪されて実は水だった、なんてことはない。振り続ければ、私も同じ音が聞けるはず……。

そんな私を追い詰めるように、各所から聞こえてくる音が変化しつつあった。幼稚園生くらいの子たちもはしゃいでいる。完全に置き去りにされている私である。

焦りに突き動かされた私は、密かにSOSを出すことにした。

「アキくん助けて！」

「ん？」

首を傾げるアキくん。彼の容器はまた音が変わり、ぱしゃぱしゃと跳ねるような音が聞こえる。私も一刻も早くそこに辿り着きたい。

「こんなに振ってるのに、ぜんぜん音が変わらないの！」

すでに二の腕はぱんぱんになっている。おさんぽヤギの影響もあるかもしれない。

「今スタッフさんあっち行っちゃったし、誰も見てないから」

私はそう持ちかけて、そぅっと容器を差しだそうとした。体力が有り余り、しかも片手が空いているアキくんに、私の分もお任せするという画期的な作戦である。

しかしアキくんは、悪だくみに加担しそうもない真面目くさった顔を作っている。

「ズルはだめだろ。バター作りは、自分の力だけで成し遂げてこそ意味がある」

紛うことなき正論であった。

「イチャイチャしているカップルさんは置いておいて、私がオーケーサインを出した方はカップを開けてもらって大丈夫です。クラッカーにバターをつけて食べてみてください」

明るい笑い声が起こる。私は恥ずかしくて真っ赤になってしまった。

そんな艱難辛苦を乗り越えて、私もまた、数分遅れでオーケーサインをもらっていた。あちこちからひっきりなしに上がる「おいしい」「最高」などの歓声や、アキくんの「うまっ。やばっ」などの感想を聞いているうちに、ますますやる気に火がついたのだ。

容器の蓋を開けると、中には固形物になりかけた感じのバターが待ち受けていた。

「わ、意外とどろってしてる」

どきどきしながら、優しい黄色のフレッシュバターをアイススプーンで掬い、クラッカーにつけてみる。いただきますを唱えてから、口の中に運んでみた。

「んんん！」

　私は眉根をぎゅっと寄せて悶えた。

　おいしすぎて言葉にならないとは、このことをいうのか。二の腕をたくさん働かせたからという理由も、その味わいにはきっと含まれている。私はうっとりしながら、とっておきのバターをつけたクラッカーを平らげた。

　容器の底に溜まった栄養たっぷりというバターミルクもいただく。普段飲む牛乳よりもさっぱりとしていて、こちらもとってもおいしい。

　こうして、楽しい体験の時間はあっという間に終わってしまった。幸せそうな笑みを浮かべて、他の参加者が去っていく。私たちは最後に残ってしまった。

　そう思っていたが、背後から足音がする。まだ残っていた人がいたらしい。

「お前ら、何やってんだこんなとこで」

　ぶっきらぼうな声は、聞き覚えのあるものだった。

　そんなまさか、と思いながら振り返った先に、思った通りの人の姿があった。

「……望月先輩？」

　私服姿の望月先輩は、空になった容器を手に訝しげにしている。どうやら彼も同じ回のバター作りに参加していたらしい。

　でもどうして、ここにいるのだろう。

　ぽかんとする私の傍ら、ごみを片づけたアキくんが答える。

「バター作りしてました」

「そうじゃなくて、二年は修学旅行中だろ」

「行き先、富士宮だったんです」

「県内に修学旅行とか聞いたことねぇよ。僕らと同じ京都だろ」

望月先輩はじっとりとした目つきになりつつ、私とアキくんの間の席に腰かける。

「先輩こそ、こんなとこで何やってんすか。サボり？」

あるいは三年生も何かの研修中かも、と私は思ったが、望月先輩は、「まぁな」と呆気なく頷く。

「僕はもう大学の合格通知もらってるし」

「……えっ」

初耳だった私とアキくんは唖然とする。

「そうなんですか？　いつの間に？」

「いつの間にっていうか、お前らと知り合う前に決まってたから」

さらに初耳だった。

「ど、どこの大学ですか？」

先輩が口にしたのは、静岡県民なら誰でも知っているような県内の私立大学の名前である。

情報量が多くてついていけない。私はすっかり混乱していたが、同じく戸惑いながらもアキくんは立ち上がり、きちんと頭を下げていた。

「遅くなりましたが、おめでとうございます」

それに倣い、私も立ち上がって「おめでとうございます」を復唱する。

「おう。サンキュ」

「でも早く教えてくれたら良かったのに」

これに望月先輩は苦笑する。

「進学校ほどじゃないけど、受験生ってそれなりにぴりぴりしてるもんだぞ。自分は進路確定してるからって余裕ぶるやつ、むかつくだろ。だから、あんまりおおっぴらには話してない」

私は三年生じゃないけれど、それはなんとなく分かる気がする。今後筆記試験や企業の面接が控えている生徒は、進路が確定した他人の話を耳にするのも辛いだろう。

「ところで、どうして先輩は富士宮に？」

堂々とサボっているのは分かったが、だからといってサボり先にわざわざ富士宮を選んだなら、そこには何か理由があるはずだった。

先輩が、テーブルに肘をつく。何かを思案するように、その視線を天井に向けている。

「今、ばあちゃんちのとこ泊まってるんだ」

「望月先輩のおばあちゃんですか？」

「違う。リョウの」

当然のように望月先輩が答えたので、私はしばらく反応を返せなかった。

……どうしてリョウ先輩の名前が、望月先輩の口から出てくるのだろう。

しかも、リョウ先輩のおばあさんの家にいる？　望月先輩は沈黙する私とアキくんを交互に見やると、こう問うてきた。

「で、サボり二人組。お前らもドッペルゲンガーなの？」

第４話　レプリカは、辿る。

風情のある三年坂の石畳を、私たちは歩いていた。

伏見稲荷大社の次は、清水寺の見学である。吉井は他の友人と地主神社を参拝するらしく、途中でいったん別れていた。

恋占いの石を試そうと誘われたが、私は首を横に振った。恋愛にはあまり興味がないし、それに石に関わる占いは、先の伏見稲荷大社で試したばかりだったのだ。

千本鳥居を抜けた先に奥社奉拝所がある。その右奥にあるのが、おもかる石である。二本の石灯籠。その前で願い事を祈念し、灯籠の頭である石を持ち上げる。予想よりも石が軽ければ願い事が叶い、重ければさらなる努力が必要になる。

それならば現在の私には、明確な目標がある。そのことを一心に考えながら挑戦してみたわけだが、硬く冷たい石はとんでもない重量だった。

あんなに重い石を、軽いと感じるはずがない。それともあそこまで重く感じたのは、私ひとりだけなのだろうか。その証左のように、他の三人はそれぞれ苦労しながらも石を持ち上げてみせていた。もう石はこりごりだ、と私は心から思った。

有名な清水の舞台は、紅葉の見頃時期というのが影響してか、やはり参拝客でひしめき合っていた。

人混みを見に来たような気分に陥って辟易したが、テレビやドラマで見る場所を目にすればさすがに気分が高揚する。佐藤も興奮したのか、写真を何枚も撮っていた。

本堂を通ったあとは、土産物を見るために行きと異なる三年坂を下っていく。ここが最もお店が多いと佐藤から聞いていた通り、かわいい小物やちりめん細工、陶磁器、よく分からない雑然とした商品が並ぶお店など、いろんな商店が軒を連ねていて見飽きることがない。

「あ、いたいた！」

生八ツ橋を見比べていると、人いきれを掻いくぐり、大きく手を振りながら吉井が近づいてきた。その顔を見る限り、恋占いの結果はいいものだったのかもしれない。

そう思ったが、吉井が口にしたのはまったく別の話題だった。

「三人とも、見て見てこれ。そこの店で買っちった！」

へへへと上機嫌そうに笑いながら、駆けつけた吉井が後ろ手に隠していたものを見せてくる。

木刀だった。

どの角度から見ても木刀だった。

「吉井……」

班の全員がなんともいえない顔で、吉井を見つめる。

どうして修学旅行中の男子というのは、とりあえず木刀を手に取ってしまうのだろうか。貴重なお小遣いを、今後おそらく使う機会の滅多にない木刀に捧げてしまうのだろうか。

「え、なになに？　これどういう空気？」

見回す吉井に、佐藤が言う。

「……まぁ、あたしも小学校の修学旅行で買ったけど」

彼女も同類だったらしい。

「マジか！　やるな、剣道部！」

見よう見まねで木刀を腰に差した吉井が、それを素早く引き抜く。

「うおおおお、喰らえ委員長！　壱の秘剣・焔霊！」

これに対し、佐藤はリュックに挿していた日傘をジャキンッと音を立てて抜く。どうやら剣に見立てているらしい。

「ふっ。素人相手に振る剣はない！　龍槌閃・惨！」

「嘘つけ殺す気じゃねぇか！」

何かのアニメの真似事なのか、小芝居する二人についていけずにいると、真田が話しかけてきた。

「愛川は？　なんか買う？」

「荷物になるし、まだいいかなって。明後日まとめて買う」

「そっか。俺も目星だけつけとくかな」

両親へのお土産は必須として、離れたところに住む祖父母には今度でいいかと思うけれど、修学旅行で使う用のお小遣いを母経由でもらっている。機嫌を取るためにも、何か買っていったほうが良さそうだ。

真田は、色とりどりの箸置きをためつすがめつ眺めている。

「変なこと、言うんだけどさ」

「なに？」

別の商品棚を見ながら、私は軽く聞き返す。

「俺、もう、終わったものだと思ってたんだ」

「終わったって、なにが？」

「俺の人生」

私は、すべての音が自分から遠ざかっていったような気がした。

おそるおそる視線を向けると、真田はこちらを見ていなかった。

「今になって考えると、早……瀬先輩に復讐して、それで自分がどうするつもりだったのかも分からなくて。ばかだよな」

真田が苦笑する。わざとらしく揺れる肩が、痛々しい。

胸の中が、空洞みたいになっちゃったんだ。ナオからの又聞きだが、アキはそんなふうに真田のことを評していたらしい。

真田は今も空っぽのままなんだ。私はふと、そう感じる。

「アキが早瀬先輩と対決して勝った、って聞いたときも、遠い世界の出来事みたいだった。嬉しくもなんともなくて、俺には関係のない話だって感じた。学校に行く気も、起きないままだった」

吉井のものらしい大きな笑い声が、真田の独白の語尾を掻き消す。店の外と、内側に佇む私たちは、遠く断絶されているみたいだった。

「俺はこのまま、折りたたまれた紙みたいにさ。部屋の隅っこで小さく、小さくなっていって……最後は誰にも気づかれずに消えていくのかなって、そう思ってたんだ」

私は耐えられず、問うていた。

「学校来たこと、後悔してる？」

「してないよ」

振り返った真田が、白い歯を見せて少年のように笑う。

「嘘じゃない。来て良かったよ。学校にも、修学旅行にも」

目が合って、ようやく気がつく。真田は旅行前に髪を切ったらしい。少しだけ短くなった前髪の下で微笑む表情には、暗い陰が感じられなかった。

私に気を遣って無理をしているのか、本心からの言葉なのか。判別がつかないまま、私は口を開いた。

「あるよ。きっと、楽しいこと」

無責任なことを言い張る胸にわずかな痛みを感じながら、続ける。

「もっと、たくさん……あるんだと思うよ」

真田は、勘づいてしまっただろうか。この囁きが真田ではなく、彼よりずっと空っぽの私自身に向けられたものであると。

ゆっくりと頷いた真田からは、幻のように笑みの形が消えていた。

「そうだよな、俺たちには」

そこで真田は口を閉ざす。彼が続けようとした言葉を、私は察していた。

「……てか京都のお土産物って、何が有名なんだろ」

私は話題を変えようと、そんなことを改まって言ってみる。

唐突すぎたのか真田は一瞬きょとんとしたが、すぐに調子を合わせてくれた。

「うーん。置物とか、扇子とか？」

しかしインテリアや普段使いの品は、個人の趣味に合わなければ悲惨である。消え物のほうがいいかと思うのは、私が面倒くさがりのせいかもしれないが。

りっちゃんだったら、なんでもおもしろがりそうだし、喜んでくれそうだけど。ひとつ年下の友人の笑顔が浮かび、私の口元が緩む。

小学生の頃のりっちゃんは、やたらと勾玉を集めて部屋にも飾っていたが、今も収集癖があるのだろうか。きれいな勾玉を見つけてお土産に渡したら、喜んでくれるかもしれない。

「お菓子だったら、やっぱり生八ツ橋？　あと抹茶使ってるやつとか……」

真田はまだ真剣に考えているようだった。

「そういえば京都の有名な料理とかも、俺よく分からないかも」

「あー」

確かに、と頷く。

「でも湯豆腐とか湯葉は、けっこう有名なんじゃないの」

「そうだな。あと、おばんざいとか」

「おばんざいってなに？」

「なんかこう、いろんな種類のおかずが楽しめる感じの」

「バイキングってこと？」

えっ、と真田が狼狽える。

「バイキング、なのか？　あれは……」

軽い質問のつもりだったのに、また真田はひとりで悩み始めてしまった。

会話を聞きとがめたのか、単に果たし合いに敗北して暇になったのか、店の外にいた吉井が近づいてくる。

「富士山しかない静岡県民の分際で京都アンチするな。府民に扇子で刺されるぞ」

何かを頬張る彼の片手には、包み紙が握られている。

「なにそれ。コロッケ？」

「旅行中の学生の胃袋、無限大だから！」

意味は分からないが、言いたいことは分からないでもない。

「うー、やばい。吉井のせいで太りそう」

戻ってきた佐藤もコロッケをかじっている。どうやら吉井に感化されたらしい。

食欲をそそる揚げ物の香りが鼻先に漂う。お昼前にひどい誘惑だ。でも今コロッケを食べたら、私はこのあとバスで食べる予定のお弁当が入らなくなってしまう。長い付き合いだから、自分の胃袋の容量は把握している。

「ああもう、帰ったらダイエットがんばらないと。来月、球技大会だもんね」

そういえばそんな行事もあった気がする、と私は思いだす。

記憶はぼんやりしている。その理由は明瞭だ。昨年の私は、球技大会に参加していない。でも、愛川素直は参加したことになっている。種目はバレーボールだったはずだ。それなりに活躍したようで、他クラスの友達が話題にしていた。

「今年はなんの競技なの？」

私が話題を掘り下げたのが意外だったらしい。佐藤は目を見開きながらも、説明してくれる。

「男子はサッカーとバスケ、女子はソフトとドッジだよ」

私は頭の中で吟味する。ソフトはぜったい無理だ。となると消去法で、選択肢はドッジボールしかない。

「真田はやっぱバスケ？」

そんなことを考えていたとき、吉井の声が聞こえてはっとした。

吟味なんてしている場合じゃなかった。男子の競技がバスケだと聞いた時点で、いの一番に真田のことを気にするべきだったのだ。

はらはらする私に構わず、腕を組んだ真田は首を傾げている。

「どうするかな。まだ具体的に考えてないけど」

真田だって球技大会の競技について、詳しく知らなかったはずだ。急に言われても、考えをまとめるには至らなかったようだった。

「そっか。まぁ、おれもまだ決めてないしな」

吉井も深掘りする気はなかったようで、球技大会の話題が流れる。私は人知れずほっとした。

コロッケを食べ終えた吉井は、くしゃくしゃに丸めた包み紙をくずかごに捨てる。てらてらと油で光る唇を笑みの形にして、何を言いだすかと思えば、である。

「愛川さん、とついでに委員長。明日さぁ、着物レンタルしない？」

「しない」

「ふつうにいや。寒いし。てかついでってなんだ。それとあんたが見たいのはメイド服でしょ」

佐藤からの怒濤のツッコミだったが、吉井は狼狽えない。

「メイド服と着物の良さはまた別だぞ。じゃあいいやー、おれと真田で着ますから」

「え？　俺？」

巻き添えを食らい、真田が戸惑っている。吉井はお構いなしに真田と肩を組んだ。

「いいじゃん、一生に一度の素敵な思い出になるって。せっかくだし着物だけじゃなくて髪もいじってほしいよな。この髪をな、この髪をな、カツラにしようと思うたのじゃ！　つって」

「なんだっけ、それ」

「『羅生門』に出てくる老婆の台詞！」

ああ、それだと思いだす。授業で学んだ記憶があった。

「正しくはこの髪を抜いてな、だけどね。カツラじゃなくて鬘だし」

「あのな、あのな、細かいことは気にするなと思うたのじゃ」

佐藤から訂正されても、吉井は気に留めていない。

それからふと思いついたように、きょろきょろと辺りを見回すような仕草をする。

「そういえば羅生門ってこのへんにあるの？　あれ京都が舞台じゃなかった？　見に行けそうだったら生で見てみたいかも」

「今は残ってないわよ。今でいう、京都市の千本通あたりにあったらしくて、羅生門跡っていうのがあるだけ」

「千本通？　京都の人、どんだけ千本好きなん？」

「あの、吉井。そろそろ離してくれ……」

無理やり肩を組まれたままの真田が訴えている。

そんな男子二人を、私は半目で見てしまった。

「なんかこの班、すっごくしょうもない」

「だね。なんてったって」佐藤が言葉を切って、顔を近づけてくる。「逆ポッキーだからね」

「……ふっ」

今ここで蒸し返されるとは予想していなくて、私はしゃっくりするみたいに笑ってしまった。してやったり、と佐藤がほくそ笑むのに吉井が絡み、真田は楽しそうに眉尻を下げている。

私はそんな班の面々をさりげなく見回す。

他の三人がどう思っているのかは、分からないけれど……この四人でいるのは、居心地がよかった。

◇

◇

お前らもドッペルゲンガーなの？

そう問うてきた望月先輩は、私たちが何か言葉を返す前に続けて言った。

「で、今日中に静岡戻るのか？」

富士宮ももちろん県内だけれど、この場合は静岡市のことを指す。もっと狭い意味では、静岡駅近辺のみを静岡、と呼ぶ人が多い。

どこかしらに宿泊予定ではあるが、まだ宿が決まっていないことを伝えると、望月先輩は呆れた顔をしつつ「それなら、午後四時に駐車場前で集合な」と言い残して去っていった。

「集合……って、どういう意味かな？」

「さぁ」

説明不足すぎるが、おそらくは問いかけの件について時間を設けて話したい、ということだろう。無視すると後が怖いので、私たちは望月先輩の言葉を気に留めておくことにした。

狐につままれたような気持ちになりながら、私とアキくんは農場レストランでバイキングを楽しみ、放牧された大量の羊と戯れて、牛の乳搾りを体験して、りっちゃんへのお土産にチーズケーキを買ったりした。

実は場内を回っていたとき、うさぎやモルモットにごはんをあげる望月先輩を見かけていた。バター作りのときも感じた通り、先輩は先輩で牧場を満喫しているようだ。

それは何よりだが、背中から話しかけるなオーラを感じたので、そのたびにさりげなく一定の距離を取っていた。君子、危うきに近寄らずというやつだ。

しかし先輩が乗馬体験にチャレンジする姿を、アキくんは木陰からこっそり動画撮影していた。危うきに近寄っていくアキくんである。

そうして時計は回り、午後四時。駐車場に向かってみると、牧場の看板付近に待ち構えるようにして望月先輩が立っていた。

私はごくりと唾を呑み込む。伝えるべきことは決まっていた。牧場を巡りながら、アキくんとも話したことだった。

事ここに至って、隠し立てする意味はない。

「望月先輩、あの」

「待て、愛川」

しかし話しかけようとした私を、望月先輩が片手で制する。

ここで話の続きをするつもりではなかったのか。訝しく思っていると、颯爽と駐車場に入ってきたのは白の軽トラだった。

助手席のフロントガラスが開き、そこから花柄のカーディガンをまとったおばあさんが顔を見せる。

「お待たせ、隼ちゃん」

「ううん、ぜんぜん待ってねぇよ」

きれいに染めた白髪に、つぶらな目。おっとりとした顔立ち。微笑みかけられると、こちらもつられて表情筋が緩んでしまうような、そんな朗らかな安心感がある女性だった。

先ほどの望月先輩の話を踏まえると、もしかしてこの人が、リョウ先輩の育ての親なのだろうか。

望月先輩を笑顔で見てから、彼女は後ろに立つ私たちを同じ表情で見つめた。

「その子たちは？」

「こいつら、僕とリョウの後輩。ほら、昨日話した演劇の」

「あ！　翁と嫗？　それとも阿倍の右大臣さま？」

「阿倍の右大臣はいないけど。こいつらまだ宿が決まってないらしくてさ」

「あれま。じゃ、うちに泊まりにいらっしゃいな」

私はそこで我に返る。

トントン拍子で話は進んで、気がつけば今晩の宿が決まっている。ありがたい提案ではあったが、急に押しかけては迷惑以外の何物でもないだろう。

それに、リョウ先輩の両親とどう接すればいいのか。戸惑った私は、控えめに断ろうとする。

「あの、でも」

「いいのよ、遠慮しないで。狭いけどみんな後ろに乗っちゃって」

困って隣を見ると、物怖じしないアキくんはとっくに覚悟を決めたようで、社会人のように丁寧にお辞儀していた。

「ご厚意に甘えて、お邪魔します」

頭を上げたアキくんは、私にだけ聞こえる声で囁く。

「行ってみよう、ナオ」

アキくんがそう言うなら、無理に断る理由は私に残っていなかった。

望月先輩に続いて後部座席に乗り込むと、運転席には仏頂面のおじいさんの姿があった。ネイビーのポロシャツに、首には白いタオルを巻いている。バックミラー越しに会釈をしたが、鋭い眼差しはちらりと私を一瞥したきりだった。

ほとんど物を置いていない車の中で、簡単な自己紹介をする。といってもおじいさん……豊さんの名前を教えてくれたのは隣の多恵子さんだったので、一度も豊さんの声は聞けなかったが。

和やかな雰囲気の多恵子さんと、対照的に厳つい顔つきの豊さん。顔や手がよく日焼けした夫婦は、六十代前半くらいだと思われた。

嗅ぎ慣れない香りのする車の中は、ちょっと不安になる。落ち着かずお尻の位置を何度も直す私に、アキくんは気がついたのか、リュックに隠れるようにして手を握ってくれた。

望月先輩は、『新訳竹取物語』について二人に話していたようだった。それ以上に打ち解けた雰囲気があり、車内ではほとんど望月先輩と多恵子さんが話していた。私は握った手の温度を感じながら、ときどき相槌を打つに留め、ガラス越しに外の景色を眺めていた。

ミルクランドなる別の牧場や、夕日に包まれる草原に放牧された牛たち。遠くには赤く染まった山並みと、見渡す限りの田畑。富士宮も、まだまだ知らない場所だらけだ。

十五分ほど走り続けたところで、細い脇道に入っていった。

軽トラは、平屋の一戸建ての横にあるガレージへと止められる。木造のガレージには、なんて呼ぶのか分からない機械や用具が壁に立てかけられていた。

お礼を言い、アキくんから順に車を降りていく。ガレージを出ると、正面には畑が広がっていた。

その景色を、確かめるように私は見つめる。

「ここは……」

夕日に照らされる畑はきれいに土寄せされていて、ふさふさとした緑の葉が踊るように風に揺れている。しかしそれはどう見ても、リョウ先輩の絵に描かれていた野菜ではない……。

「とうもろこしは、七月に獲ったからね。あれは秋植えのじゃがいもと大根」

立ち止まっていると、後ろから豊さんが教えてくれる。

「趣味でやってる、一反の畑だもん。リョウの絵は、ちょっと盛ってるね」

振り返った私に、豊さんがにっこりと笑う。

その笑みを目にした瞬間、私の胸を実感が満たしていった。

間違いない。この二人が絵に描かれていた、リョウ先輩の育ての親だ。強引で、ちょっぴり気難しくて、誰よりも優しすぎた先輩を育てたのは、多恵子さんと豊さんなのだ。

近くに川が流れているのか、さやさやとした水音が絶え間なく聞こえてくる。私はその音に耳を傾けながら、平らな土を足裏で噛み締めるように踏みしめた。

出迎えたのは、森と掲げられた表札である。

古き良き日本家屋、というのだろうか。素直のお母さんの実家によく似た佇まいだからか、私はどこか懐かしい気持ちになっていた。

引き戸を開け、土間を上がった多恵子さんが明かりをつける。玄関の日焼けした壁には、リョウ先輩が美術の授業で描いた水彩画が画鋲で留められていた。

私の視線に気がついた多恵子さんが教えてくれる。

「お通夜のとき、学校の先生が届けてくれてね。息子夫婦を介して受け取ったのよ」

「……そうだったんですね」

その一枚だけではない。廊下にも、所狭しとリョウ先輩の絵が貼られていた。

豊かな自然を描いたものが多く、冬の日の富士山、幻想的な滝、そこらの道ばたを切り取ったような何気ない絵が、色鉛筆や水彩絵具を使って色鮮やかに描かれている。

草を食む牛や昼寝する羊は、牧場に画用紙やキャンバスを持ち込んで描いたものかもしれない。今よりも拙いタッチの絵すべてに、幼い頃のリョウ先輩が息づいている。

そのうちの何枚かに、糊で貼りつけた小さな紙が吊るされている。学校名や名前だけではなく、鈍く光る金色や銀色のシールと共に、なんらかの賞を受賞した旨が記されていた。無造作に額にも入れられていない、それらの絵は、この家の一部となって溶け込んでいた。

あちこちで、リョウ先輩が微笑んでいた。

生活感と呼ぶよりずっと濃厚に、息を吸うのも辛くなるほどに、リョウ先輩だらけだった。玄関がもういちど開いたなら、今すぐ彼女が帰ってきそうな気配が家の中に満ちていた。あるいは廊下の角を曲がれば、音を立てて襖が開いて、ひょっこりと魅力的な笑顔が覗くような気がした。ひとつだけ不思議なのは廊下を歩く私たちがみんな、二度とリョウ先輩に会えないのを知っているということだった。

「油絵は、ないんですね」

ぽつっと、アキくんが呟く。そういえばとしか私は思わなかったけれど、多恵子さんは聞き漏らさなかった。

「リョウちゃんに言ってみたことがあるわ。必要な道具があれば買ってあげるから、描いてみたらどうって」

「リョウ先輩は、なんて？」

「いつ今の生活が終わるか分からないから……時間のかかる油絵はね、やらないんですって」

私もアキくんも、言葉を失う。多恵子さんは、一度も振り返らなかった。

淡い色彩が宿る壁の横を通って、多恵子さんが先導する。

ぎし、ぎし、と廊下が軋んだ音を立てる。修学旅行の三日目は、確か二条城を見学する予定だったはずだ。私は素直の足裏で鳴るだろう、うぐいす張りの廊下を思った。

通された居間は食卓と繋がっている。どちらも物が多く雑然としているが、温かな生活感が漂う洋間だった。

居間の中央、硝子製のテーブルにはリモコン立てが置かれている。座椅子が二つ並ぶ絨毯には、野原を陽気に駆ける野兎が描かれていた。

テレビの真上には日めくりタイプのカレンダーが飾られている。そして窓側の壁に寄せて、小さな仏壇があった。何気なく視線をやっただけなら、かわいらしい木箱でしかないそれを、私の目ははっきりと仏壇として捉えていた。

小さな花瓶に、赤とピンクのかわいらしいコスモスが生けられている。香炉に入れられた灰には、燃えた線香のはしっこが覗いていた。

仏壇に写真立てはない。私は、それに少しだけほっとした。今リョウ先輩の顔を見たら、初対面の人の家なのも忘れて、涙が我慢できなくなってしまうと思ったのだ。

「良かったら、手を合わせてくれる？」

多恵子さんに柔らかく促され、私はゆっくりと頷いた。望月先輩と豊さんは他の部屋に行ったのか、姿がなかった。

私は座布団に正座する。マッチを擦り、火立ての蠟燭に火をつける。りん棒でおりんをそっと叩き、透き通った音の余韻が止んでも、しばらく手を合わせたままでいた。

交代したアキくんも同じように、骨壺のない仏壇に祈っている。甘さを含む白檀の香りを振りまきながら、線香の煙は緩やかに天井まで上っていく。そこから先には、一向に進めないまま。

「本当は、畑の傍に作ってあげたかったんだけどね……」

多恵子さんが口を噤む。

納骨をしていなければ、庭にお墓を作ることは禁じられていない。しかし、おそらくは近所の目を気にして、そういうわけにいかなかったのだろう。その無念さがひしひしと感じられた。

「こんなおばあちゃんが、何言ってるんだって思うかもしれないけど……わたしたちね。リョウちゃんを、実の娘みたいに思ってたの」

仏壇の近くに佇む多恵子さんの声が、煙を揺らすこともなく静かに響く。

「うちは男の子ひとりだったから、本当に女の子がかわいくて仕方なくてね。でもリョウちゃんはこの家に来たときから、ぜんぜん我が儘を言わない子で……いつもわたしたちの前じゃ、申し訳なさそうにしてたの。小さな女の子が、肩身狭そうにしてね。正直見てられなかった。わたしも、すずみちゃんと同じ顔の子に、どうしてあげていいか分からなくて」

沈痛そうに眉を寄せる多恵子さんの顔に、ほのかな笑みが浮かぶ。

「そんなとき豊さんがね、リョウちゃんのちいちゃな手に種を握らせたの。ミニトマトの種。苗からじゃないと育てるの大変なんだけど、リョウちゃんは一生懸命育て始めた。最初はプランターで、生長してきたところで畑に植え替えて。今日はどれくらい水をあげたらいいの、肥料はどれくらいがいいの、台風の日はどうしたらいいの、食べ頃はいつ、って。よく話したり、笑うようになったのよ。リョウちゃんって名前をあげたのも、その頃だったわねぇ……頬を真っ赤にして喜んでくれてね、わたしの名前だ、わたしだけの名前だ、って」

そうして少しずつ家族になっていったのだと、多恵子さんが目を細める。

私はその言葉を、相槌も打てず無言で聞いていた。

「リョウちゃん、絵を描くの上手でしょう。自治体に相談して小学校に通えるようになってからも、いっつも素敵な絵を描いて、よく先生に褒められてた。でもある日、暗くなっても帰ってこないことがあって、近所の人にも手伝ってもらって、みんなで捜し回って……そしたら、少し先の田んぼのところにいるのが見つかったの。田んぼに蛍が飛んでたからスケッチしてた、すごくきれいでね、なんて嬉しそうに言うから、あんまりかわいくて、わたしも豊さんもね。怒るに、怒れなくて……」

笑い皺をなぞるように、涙が伝っていく。多恵子さんはポケットから取りだしたハンカチをすぐ頬に当てたけれど、吸い込みきれなかった涙は、幾筋も彼女の頬を流れていった。二人の孫娘を亡くしてしまった多恵子さんの悲しさが、苦しみが、流れていった。

「リョウちゃんごめんね。湿っぽいのは、いやよねぇ。リョウちゃんも、すずみちゃんだって、悲しくなっちゃうねぇ」

リョウ先輩だったら、なんて言うのだろう。

多恵子さんを泣かせている私を怒るかもしれない。ちょっとナオちゃん、わたしのお母さんを泣かせないでよ、と呆れた目を向けてくるのかもしれない。

どうか、そんな目で私を見てほしかった。

「会いたいねぇ、リョウちゃん。すずみちゃん。もういちどでいいから、会いたいねぇ」

切なる呼び声を耳にしたとたん、私もまた、声を上げずに泣いていた。

多恵子さんがそんな私を抱き寄せて、頭をぽんぽんと軽く撫でてくれる。

彼女と豊さんがまとう香り。車の中や家の中でも感じた、土と日なたの香り。温かな、香り。同じものを、きっとリョウ先輩も宿していた。彼女はこの香りに抱かれて呼吸していたのだ。森すずみを演じる彼女からは、とっくに違う香りがしていたけれど。

リョウ先輩。そう心の中で呼びかけても返事はない。声に託しても同じことだ。彼女はあの日、体育館で消えてしまった。

それでも、どこにもいないわけじゃなかった。誰からも忘れ去られたわけじゃなかった。

リョウ先輩。ようやく、お家に帰ってこられたんですね。

私は眠る彼女に向かって、そっと呼びかけた。

第5話　レプリカは、投げる。

ホテルに戻ったら、少しはのんびりできる。そう思っていたのだが、私の期待はあっさりと裏切られた。

それぞれの部屋に移動し、荷物の整理を終える前に夕食の時間がやって来た。

一時間後には大浴場に向かうが、これもクラスごとの着替えを含めて三十分ずつしか入浴時間が設けられていないので、とにかく慌ただしい。ゆっくりと汗と疲れを流す暇もなかった。

しかしそのあとに関しては、寝る準備をするくらいでいい。窓際のベッドに仰向けになって転がった私は、ようやく肺の底に溜まった息を吐きだすことができた。

部屋はツインルームだ。同室の佐藤はといえば、忙しなく班長会議に出かけていった。クラス委員長のみならず班長までやってのける働きぶりには、クラスメイトとして頭が上がらない。

以前、委員長に立候補した理由について訊ねられた佐藤が、内申点のためだと答えているのを聞いたことがあるが、きっとそれだけではないのだろう。

廊下からは断続的に女子の明るい話し声や足音がしていた。各部屋から、こぞって別室に遊びに行っているようだ。

行き先には他の女子部屋のみならず、男子部屋も含まれていると思われる。目を光らせてい

る教師陣に発見されれば間違いなく雷が落ちるが、私の知ったことではない。

部屋でひとりきり。気ままにうつ伏せになった私は、スマホで撮影した写真を見返す。伸ばした足を交互に動かしながら、画面をスクロールしていく。

「……っふふ」

途中で思わず笑ってしまったのは、画面いっぱいに表示されたのが、大口を開けて千本鳥居を食べようとする吉井の写真だったからである。

何度見てもばかばかしくて、笑いが収まらない。こんなに下らないことで、本当に、ばかみたいだけど……私も真田と同じだ。修学旅行に来て良かったと率直に思えるくらいには、今日が楽しかった。

こんなことなら夏休み前の遠足だって、積極的に取り組んでいたら良かった。そうしたら少しは、何かが違っていたのかもしれない。思い出は黄色く色づいて、数年後も懐かしく思い返すような一日になっていたのかもしれない。今さら悔やんでも時間は巻き戻せないから、尚更そう思う。

ひとしきり笑ってから、そっと口にする。

「……明日も、楽しみ」

小さな呟きは室内に反響するでもなく、ベッドの下に落ちるように消えていく。喉の渇きを覚えた私は、くるりと身体の向きを反転させた。

午後八時四十分。手の中のスマホにも現在時刻は表示されているのに、なんとなくベッドサイドの壁際を見てしまう。壁に埋め込まれたデジタル時計を見るたび、今が旅行の真っ最中だと実感するからだろうか。

もぞもぞと起き上がり、チャコールグレーのスウェットの裾を伸ばす。

暖房の風にやられたのか、見当違いの方向に吹き飛んでいた使い捨てのスリッパに足を入れる。スマホをポケットに入れたら、カードキーと財布を手に部屋を出た。

冷たいドアノブを握り、オートロックが効いているのを確認してから廊下を歩きだす。しおりにホテルの見取り図が載っていたので、自販機の場所は把握していた。一階お土産コーナー脇のドアを出て、すぐのところにある。

エレベーターは十階に留まっているようなので、近くの階段を使うことにした。段を下りるごとに、底の薄いスリッパの底が、ぺたん、ぺたん、と鳴るのが子どもっぽくて、どうにも具合が悪い。

一階に着くまでに、同じ学校の生徒だけでなく家族連れとすれ違った。大きなホテルなので、学校で貸し切っているわけではないのだ。

ロビーを横切り、内開きのドアから外に出る。暗闇の中に現れた小さな空間は、不規則に明滅する自販機の光だけにぽつんと照らされていた。

壁際に設置された自販機の前には、人っ子一人いない。背もたれのある木製のベンチも空いている。室外機の置かれたそこは、吹きだまりのように煙草の残り香がした。

さて、何にしようかと悩む。水かお茶か。フルーツ系の缶ジュースでもいいが、余計に喉が渇くかもしれない。

自販機の前で悩んでいると、空気が揺れ動いた。なんとなく視線を向けると、先ほど私が通ったばかりのドアが開いている。

「愛川さん、今ちょっといい？」

そこに立っていたのは三人組の男子だった。

全員、別のクラスの生徒だ。見覚えはないが、そもそも人の顔を覚えるのは苦手である。

そのときになって、私は部屋を出てきたことを後悔した。後悔先に立たずとは、うまく言ったものだと他人事のように思う。

「……いいけど」

話しかけてきた彼が分かりやすく相好を崩した。

他の二人は励ますようにその肩を叩き、「がんばれよ」なんて囁いてお土産コーナーに引き返す。私への一種のいやがらせなのかと勘繰りたくなるほど、どこかお芝居めいたやり取りだった。

残された彼が、ベンチの隅っこに座る。視線を向けられて、それが隣に座れという意味だと気づいたが、私の両足は地面に縫いつけられたようにその場から動かなかった。

寒々とした京都の風が走り抜ける。殊更、私とその男子との距離を強調するみたいに吹けば、私の気持ちもすぅっと冷えていく。

修学旅行の場で改まって話があると言われた時点で、おおかた内容は決まっている。

明後日の自由行動で、一緒に京都を回るために彼女が、彼氏がほしい。思い出が作りたい。周りと差をつけたい。そんなふうに思う学生は珍しくはないのだと、私だって知ってはいる。

「で、話って？」

むしろ私は、願っていたのだ。予想が外れることを。

私に見下ろされた男子は据わりが悪そうだったが、そう促すと意を決したように膝上の拳を握り、言い放った。

「好きです、付き合ってください」

……ああ、やっぱり。

分かりきっていた答え合わせが終われば、昼間の気分の良さが、砂になって全身から抜け落ちていくようだった。

人目を気にせず拾い集めたかった。必死に集めれば、まだ間に合うかもしれない。どうだろう。本当はもう、手遅れなのだろうか。

遠くから車のエンジン音がする。夜の底のような暗闇に置き去りにされた私は、自分を見つめる二つの瞳に答えを返さなくてはならない。

「今は誰とも、付き合う気ないから」

溜め息のような声で、私はそう返す。

これは私が中学生の頃から使いだした定型句だった。

異性から告白されるのは珍しいことではない。以前は頭に「ごめん」とつける努力をしていたけれど、思ってもいないことを口にするのは、ひどくエネルギーの要ることだった。

申し訳ないなんて一ミリも思わない。迷惑だと思う。心の底から、いやだと思う。そう正直に伝えれば、自分が悪者になるのだと知っている。

きっと今日も、私は悪者にされる。

彼はしばらく唖然としていたが、簡単に引き下がったりはしなかった。

「それは……他に、好きな人いるとか？」

「いないけど」

「じゃあ良くない？　最初はお試しで付き合うとかでもさ、ぜんぜんいいし」

こんなとき、何をどう言えば正解の判定が出るのだろう。

「ねぇ、もう話終わりでいい？　時間の無駄だから」

私は淡々と返して、自販機に視線を戻す。

いちいち赤の他人の、ショックを受けた顔だとか、屈辱や羞恥心で真っ赤になった顔だとかを見たくなかった。私が見たものは、もうひとりの私だって共有するのだ。

またドアが開く。保護者代わりのお友達二人が、私たちの間に流れる冷え込んだ空気に気づいて駆けつけたのだろう。

三人が小声で話す。私には断片的にしか聞き取れない。告白を断られた男子はわざとらしく足の踵を踏みならし、背を向けて去っていく。それを追いかけるまでしないのは、女子と男子の違いだろうか。

ひとりの男子が、言う。

「……なんか、愛川さんってさ」

私は猛烈なまでにいやな予感を覚えた。

右側に立つ男子の顔に見覚えがあった。下の名前が曖昧な彼は、私と同じ小中の出身だった。

私の中の私が、とっさに耳を塞ごうとする。聞かなくていい。さっさとこの場を立ち去ってしまえばいい。いつも私はそうして、自分を守ってきたはずだ。

でも同時に、聞かなくてはいけない、と思う。私はそのために、ここに来たのだ、と思う。

逃げないと決めたから、今、私はここにいる。

逃げだしたい私も、やっぱり、ここにいる。

相反する自分が右と左それぞれに、大慌てで動こうとする。私の身体は、血を噴きだしながら半分に引き裂かれていく。

二メートル先の唇の動きを、血まみれの私は黙って見つめていた。

……ドアが開く。

小銭だけを手にした佐藤が、ベンチにぼんやり座り込む私に気づくなり片手を上げた。

「おー、愛川さんだ。部屋にいないと思ったら」

私は答えなかった。佐藤は気にせず、自販機のラインナップを確認している。

「なんか買いに来たの？　あたしはようやく班長会議が終わったとこ」

はー、疲れた。そう言いながら、佐藤は肩を回す。疲れたという言葉とは不釣り合いなほど、その横顔はさっぱりしている。

数分か数十分。止まっていた私の時間を、佐藤が動かす。

そのせいか、ただ隠す気力がなかったせいだろうか。私は取り繕わず、正直に言葉を返していた。

「私は、告白されてたとこ」

「おお。さすが愛川素直、モテモテですなぁ」

明るく笑いながら、佐藤が自販機に硬貨を投入する。

ちゃりん、ちゃりん、がこん。取り出し口が吐きだした小さな缶を掴んで、佐藤は少し距離を空けて隣に腰かけた。

彼女の手にあるのはコーンポタージュ缶だった。緑茶や抹茶ラテというラインナップの中、あえてのチョイスは京都への反骨精神が首をもたげた結果だろうか。

佐藤はプルタブを開ける前に、飲み口の下を指でぎゅっと押して凹ませている。訝しげに見ていると、私の視線に気がついて照れ笑いする。

「こうすると一粒残らずコーンが飲めるんだってテレビで言ってた。ふと思いだしてさ、どんなもんか試してみたくなっちゃって」

ふぅふぅと息を吹きかけながら、佐藤はちびちびとコーンポタージュを味わっている。

「これ、答えたくなかったらスルーでいいんだけど」

「……」

私は身構える。興味本位で、告白してきた相手は誰かと訊ねられるのは明白だった。

「もしかして、告白以外にもなんか言われた？」

予想は外れた。佐藤は、湯気の合間からそんなふうに訊いてきたのだ。

答える必要はなかった。でも私はその瞬間、逆上せたみたいに、首の後ろがかっと熱くなるのを感じた。

言いたい、と思った。聞いてほしいと思った。話したかった。打ち明けたかった。

熱は全身に広がっていく。止められないまま俯いた私は、膝の上で右手の甲に爪を立てた。

つんと鋭い痛みは現実感がなくて、声が震えないように念じながら、小さく口を開く。

お願いだから。

誰でもいいから、聞いて。

「愛川さんって優しさのかけらもないよねって。告白してきた男子の連れから、だけど」

「うへぇ」

佐藤は苦いものを間違えて飲み込んでしまったかのように、舌を出して顔を顰めてみせる。舌べろが、ほんのり黄色くなっている。

「なにそれダサすぎ。興味のない相手に、なんで優しくせにゃいかんのよ。ていうか告白にも友達に付き添ってもらうって、連れションかっつうの」

　ここにいない彼らに向けて、佐藤が文句を募らせる。聞いていて小気味いいはずのそれに、私は同意できなかった。

　爪はさらに強く食い込む。

　ぶつけられた言葉には、まだ続きがあったのだ。

「昔はもっと、優しい子だと思ってたのに……って」

「ん？　昔って？」

三人の中に小中、一緒の奴いたから。そう正しく説明できたのかどうか分からなかった。

佐藤が何か言う前に、私の喉の奥からは、そうじゃない音の連なりが漏れていたから。

「私、どうして。こんな、いつも……だめなんだろ」

自分をだめだ、と声に出してしまうのは、きつい。

本当にその通りなんだって、思い知らされる感じがする。胸のまんなかに烙印を捺されて、二度とそこから逃れられないような気がする。

だから私はいつも、なるべく言葉にしない。内側に押し隠す。誰にも見えないように、ひた隠しにする。

そうしないと私は、まともに立っていられない。

「愛川さん、そんな気にすることないって」

佐藤が笑う。大袈裟すぎる、と私の吐いた不格好な言霊を笑う。

でも私は、違う、と首を強く横に振る。

「だって私、誰にも優しくできない！」

気がつけば、叫んでいた。

前のめりになって、身体を折り曲げて、肺がつぶれていて、苦しくて、頭が痛くて、目の奥が燃えるように熱くて、それで発する声は、聞いた誰かの鼓膜すら傷つけるようにざらついていた。

爪が柔らかい皮膚を裂く。歯の間から断続的な呼気が漏れる。

身体には大した傷も残らないのに、どうして私は、こんなに痛いのだろう。

「や、優しくしたい、のに。優しい人になりたい、のに。あの子みたいに。あの子みたいに！」

「あの子って……」

見苦しい。聞き苦しいと自覚しているのに、言葉が止まらない。ずっと閉じ込めていたものが、震えながら溢れ出てくる。周囲に向けて作っていた壁が、膜が、限界を迎えてぼろぼろと剝がれ落ちていく。

その中で膝を抱えた弱い私が、見えてしまう。誰にも見せたくない、ありのままの自分が。

「私、こんな、っいつも苦しくて……どうして……心にもないこととか、冷たいことばっかり言っちゃう。喉の奥から飛びだして、きて。止めようとしても、だめなの。ぜんぜん、だめで」

だめだ。私は本当に、だめだ。

だめだ、だめだ、いつも、だめなんだ。

私は自分がどんなにだめな人間か知っていて、でも、それを自分じゃどうにもできない。

……ああ。

誰と一緒にいても、ひとりぼっちだって気がついたのは、いつからだろう。

最初はきっと、外見がきっかけだった。

自分の容姿が人目を惹くということは、物心つく前から知っていた。すれ違う人に、かわいいと指さされることが多かった。知らない人に声をかけられたり、写真を撮られそうになることがたびたびあった。硝子の向こうで生活する動物のように、私は、許可なく撮影していい何かとして扱われていた。

でも、生まれつき茶色い髪の毛が嫌いではなかった。色素の薄い大きな目も、小さな鼻も、長い手足も。両親が私にくれたものを、恨むことなんてできなかった。私は、私を、ちゃんと大切にしてあげたかったのだ。

いやなときは、いやだと言うことにした。

だめなときは、だめだと怒ることにした。

そんな自分でいいのだと思っていたけれど、あるときから遠慮がちに指摘されたり、陰口を囁かれるようになった。

○○ちゃんって、最近なんか冷たいよね。怖いよね。棘のある言い方するよね。いろんな言葉を使って、私が優しくないということを、いろんな唇が事実として語る。私を、容赦なく包囲していく。

あの男子が言ったことも同じ。私には優しさどころか、優しさのかけらすら、ない。

人間らしい温かみがない。気遣いができない。他人への思いやりがない。欠如している。欠落している、欠陥品なのだ。

だからなんにも知らないくせに、私を好きだと平気でのたまう人間が、嫌いだ。

だって私は、こんな私のことが、ちっとも好きじゃない。

「本当は仕方ないって、分かってるの。私、……本物じゃない、から」

激情を通りすぎれば、あとは虚しいだけだった。

ぐったりと疲れているのに、頭の芯は茹だるような熱を発している。ずきずきとした頭痛を堪えて呻くように呟けば、聞きとがめた佐藤が口を挟んでくる。

「本物じゃないって、どういうこと？」

こめかみを片手で押さえた私は、胡乱げに見やる。

乱れた髪の間から覗く。ベンチに手をついて半身を乗りだした佐藤は、じぃっと食い入るように私を見つめていた。それが妙に真剣な顔だったので、私はうっすらと笑う。

こんなこと、話したってまともに理解できるわけがない。せいぜい頭のおかしなやつだと思われて、明日から距離を置かれるだけだ。

でも、どうでも良かった。今さら何がどうなったって、もう、構うものか。

投げやりな気分になりながら、私は口を開いた。

「……私、自分にそっくりな分身……レプリカが生みだせるの」

髪を撫でつけながら、暗い夜空を見上げる。京都の空には、月も星もほとんど見えない。暗色の布を引っ張りだして手当たり次第に貼りつけたような、そんな不躾な黒一色が空を閉じ込めているようだった。

「きっかけは大したことじゃなかった。年下の友達と喧嘩して、謝りに行けなくて、気づいたら自分と同じ顔の誰かが目の前にいた」

あの瞬間、心臓が高鳴ったのを覚えている。

だって他の誰も、自分の分身を作ることなんてできない。私ってもしかして、ちょっぴり特別？　物語に出てくる魔女の血が流れてたりする？　そう思うと、胸がどきどき弾んだのだ。

「助けてって呼ぶと、どこからともなく現れるんだ。秘密の友達ができたみたいで楽しくて、両親に内緒で遊んで、よくお菓子を半分こにした。じゃんけんであいこを出した最高記録は、たった十二回だけどね。でも最初にパーを出す癖は一緒だったな。……それからも、ときどき入れ替わってクラスメイトを騙して、おもしろがったりして。そんなふうに毎日過ごしてた」

隣から反応はない。

突然始まった妄想話に、唖然としているのだろうか。構わず、私は話し続ける。

「私、昔はみんなからナオちゃんって呼ばれてた。家族とかりっちゃんとか、他の友達からも。だから私も、レプリカのことをナオって呼んでた」

「りっちゃんって、あれか。文芸部の一年生か。阿倍の右大臣か」

佐藤が独りごちる。どうやら話はちゃんと聞いていたようだ。

広中律子だから、りっちゃん。愛川素直だから、ナオちゃん。

小学生の頃は仲良し同士で名前を縮めたり、あだ名で呼び合うのが鉄板で、親愛の証だった。

家族からは律子と呼ばれていた彼女を、りっちゃんと呼び始めたのは私だ。

りっちゃんは優しくて明るい子だ。勉強は苦手だけど、興味がある分野にはとことん前向きで、物知りな友達。

私の、大切だった友達。

「でもある日、気づいた。りっちゃんはいつからか、私のことを『素直ちゃん』って呼んでた」

呼ばれた直後は、気づかなかったのだ。

でもいったん通りすぎたあと、じわじわと時間をかけて波のように押し寄せてきたそれは、私に強い恐怖と焦燥感を与えた。そんなまさか、気のせいじゃないか、と往生際悪く抗っていたけれど、次の日も、その次の日も、何度か呼ばれたことで確信に至った。

「りっちゃんはなんていうか、感覚の鋭い子で……早い段階で、なんとなくレプリカの存在に気づいてたんだと思う。それで私を素直ちゃん、レプリカをナオちゃん、って呼び分けて、区別するようになった」

「それは……」

佐藤が、何かを言いかけて押し黙る。続く予定だった言葉を、私は表情筋をぴくりとも動かさず引き取った。

「ね、笑えるでしょ。りっちゃんにとって、私はニセモノになってたの」

今までのナオちゃんに近いほうを、今まで通りナオちゃんと呼ぶ。

今までのナオちゃんと違うほうを、新しく素直ちゃんと呼ぶ。

それが分かったとき、私は、消えてしまいたくなったのだ。

りっちゃんを責めるつもりなんてない。今でも、恨んでなんかいない。

でも私は、辛かった。ショックだった。ひとりでいるとき、ベッドに入ったとき、涙が出てしまうことが何度もあった。

なんで？　私は何か間違えた？

りっちゃんにとって、どうして私はニセモノになっちゃったの？

「レプリカには、何も言わなかったの？」

「言ったよ。ナオはあげられないって、私に返してって。でも、意味なかった」

訴えかける言葉の意味は、うまく伝わらなかった。私が持っているのと同じものを持って生まれてくるナオに、自分が何かを盗っているなんて自覚があるはずもなかったのだ。

それにレプリカは、私の感情までは共有しない。本人の口から聞いたところ、私の目を通した映画を、ぼんやりと観客として眺めているような感覚に近いようだ。

主人公が何を感じ、何を言おうとしたのか。一向に語られない以上、観客はそれぞれの視点を用いて曖昧に判断するしかない。

私の心が傷ついた数多くの出来事だって、それを知るはずのナオにとってまったく別の意味になっている。ナオはあげられない、と勇気を出して伝えたのも、ただの意地悪だと捉えられたのかもしれない。

塞ぎがちになった私は、喋るのが億劫になった。中学に上がると、明らかに授業にもついていけなくなっていた。小六から始まった生理にも苦しめられて、いろんなことが、うまくいかなくなった。

そんなときだった。ナオが勉強を手伝おうか、と申し出てきたのは。私はその申し出を断り、代わりにテスト受けてきて、と返した。

思った通り、次の日からナオは円滑に愛川素直の役目をこなしていった。心のどこかで期待していた問題や摩擦は何も生じず、彼女の口から語られる学校生活は夢物語のように順風満帆なものだった。

その年の夏、りっちゃんが親の仕事の都合で引っ越していった。私は寂しいのと同時に少しだけほっとした。それは私にとって、ひとつのきっかけとなったのだ。

私は自分を、ナオから遠ざけようと決意した。このままじゃ私は、私が分からなくなってしまう。ナオが愛川素直から離れることがない以上、私が意識して離れるしか道はなかった。

まず勉強が苦手で、運動もできないことにしよう。

プリッツじゃなくて、ポッキーが好きなことにしよう。

趣味嗜好だけでなく、学校での過ごし方も変えた。クラスでも目立つタイプの女の子たちとつるんで、一緒にトイレに行って、放課後を過ごすようにする。

集団の中のひとり、という記号であるのは気楽だった。その代わり過去の友人とは疎遠になったし、本音を言い合うような友人はひとりもできなかったが。

希薄な人間関係の中に身を置いて、変えよう。思いつく限りのことを変え続けよう。でもそんなことを繰り返していくうちに、自分が何を好きで、何が嫌いなのかを見失っていく。

私って……どんな人間だったっけ？

最後に鏡の中に映ったのは、愛川素直の抜け殻のような生き物だった。

「そっか。今まで勘違いしてた」

しばらくぶりに、佐藤が口を開く。

缶はとっくに冷えきっているだろうに、未だに両手で握り込んだままだ。それは、佐藤が私の話にこの上なく集中して耳を傾けていたことを意味している。

「あたし、気づいてたよ。確信したのは青陵祭の準備期間中あたりだけど」

私はその言葉に、別段驚かなかった。

「隠すの下手すぎるよなぁ、なんて思って、じっくり観察したりしてさ。でも違った。愛川さんは最初から、隠す気なんてなかったんだね」

「だって、別に隠してるつもりはないし」

りっちゃんに見抜かれた時点で、他の誰にばれようがどうでも良かった。ナオに絶対にばれるなと厳命したのは、彼女をぞんざいに扱うことで自分の心を慰めていたからだ。

私は、そんなことでしか。

「愛川さんは、レプリカを消そうとは思わなかったの？」

「思ったよ、それこそ数えきれないほど」

考えてみれば、ひどく簡単なことなのだ。私がナオを呼ばないという選択肢を選びさえすれば、二度とナオは現れない。なぜだか決定権は今も、ニセモノじみた私が握っている。

この夏休みは顕著だが、実際に何度か思い立って実行してみたこともある。

「でも無理だった。結局、何度だって呼んじゃうの。だって……あっちが、本物の愛川素直だから。あっちのほうが、なんだってうまくできるから」

どんなに堪えていても、気づけば虚空に向かって呼びかけてしまう。私はナオをおそれながら、ナオを求めずにいられない。

たった十六年の人生なのに、たくさん、辛いことがある。

グループの女子に、裏でビジュアル要員と呼ばれていたのを知った。女子会と称して連れていかれた合コンで、一時間で帰っていいよと笑顔で手を振られた理由に、そこでようやく思い当たった。

好きな人を奪われたと、覚えのないことで泣かれたことがあった。みんなはその子を口々に慰めた。愛川さん、そういうとこあるから仕方ないよ。私は、その子が好きな男が誰かも知らなかった。たぶん話したこともない相手だった。

そんな目に遭うたび、私は粉々に砕かれる。立ち直れなくなる。耐えられなくなる。ナオに助けてもらわないと、生きられなくなる。

自分で言うのもなんだが、ナオにとっての私は神様みたいなものなのだと思う。

いつもナオは、緊張に強張った顔で、揺れる瞳で、私をまっすぐに見つめる。私の一挙手一投足を、一言一句を聞き逃すことのないよう、ぴんと全身を張り詰めている。飼い主の言うことを聞く、躾のできた犬のように。

人と神様じゃ、分かり合えっこない。そんな現実に打ちひしがれながら、私はナオの抱く幻想を必死になぞり、無我夢中で守ろうとしている。

私は、よく目を閉じる。窓の外を見る。思ったことを極力、口にしない。意味のあるものを見なければ、聞かなければ、私はナオと共有しないで済む。知られずに済む。私がとっくにニセモノに成り下がっていることに、神様なんかじゃないことに、気づかれないで済むのだから。

そこで私は小さく咳き込んだ。

たくさん喋ったせいかと思うが、そもそも部屋を抜けだしたのは喉が渇いたからだった。それがどうして、告白されたり、告白したりと、こんなことになったのか。

ばからしく思いながら、改めて自販機を見ようとしたときだった。隣から強い視線を感じて、反射的に目を向ける。

佐藤が私を見ていた。注がれる視線は怖いくらいに真剣で、鬼気迫るほどである。

居心地悪く感じた私は軽く身動いだ。

「佐藤？」

口の中で、佐藤が小さく呟く。言葉は聞き取れないが、何か考えをまとめたような様子だった。

それから彼女は、首を縦に動かした。

「そっか。分かったよ愛川さん。あたし、分かった気がする」

得心したような佐藤の声が、私の乾ききった胸に染み込んでくる。

佐藤は今、何か、私でさえ気がついていない何かに、気がついてくれたのかもしれない。性懲りもなく、私はそんなふうに感じる。

その内容を、私は今すぐにでも聞きたかった。それなのにもったいぶるように顎に手を当てた佐藤が、くるりと後ろを振り返る。

「ちなみにそっちも愛川さんと似たような状況、ってことでいいのかな？」

私は目を丸くした。

佐藤が見やる建物の陰。そこから長身の人影が、観念したように出てきたのだ。

「真田？」

「……ごめん。盗み聞きするつもりじゃなかったんだけど」

頬をかく真田は、申し訳なさそうにちらちら私を見ている。その様子からして、かなり早い段階から聞き耳を立てていたらしい。

「ってか、よく気づいたな」

「剣道部舐めんなよ。殺気で気づくから」

「そんなの出してないから……」

「あ、分かった。真田くんも、愛川さんに告白タイムだったんでしょ」

怒濤の勢いでいじられ、真田は降参するように両手を上げている。

「違う。喉渇いたから、向こうのドアから出てきたんだよ」

真田が向こう、と言って顎をしゃくるほうは、もはや暗すぎてよく見えなかった。つまりお土産コーナー前のドアではなく、別の出入り口を使ったということなのだろう。

「愛川、なんか飲む？　奢るから」

真田の申し出に、佐藤が「はいはい！」と威勢良く挙手する。

「あたしはクーの白ぶどうでよろしく！」

「佐藤には奢るって言ってないけど。まぁいいか」

小銭を投入した真田が、同じボタンを連続で三回押す。

小さいサイズのペットボトルを、いの一番に手渡された。

「はい」

私、まだ何も言ってないんだけど。

「……ありがと」

釈然としないが、とりあえず受け取っておいた。一応、盗み聞きのお詫びらしいから。

真田はレバーを動かして小銭を回収している。丸まった背中を眺めながら、私はペットボトルの蓋を開けた。

思っていた以上に身体は熱を持っていたらしい。甘いのにすっきりとした冷たいジュースを、一度で半分近く飲んでしまう。

佐藤をまんなかにして、真田がベンチの右側に腰を下ろす。一服したところで、佐藤が口を開いた。

「で、愛川さんも真田くんも、レプリカ……自分にそっくりの分身が生みだせるんだよね？」

念を押すような問いかけに、私は頷いた。真田は躊躇いを見せながらも顎を引いてみせる。

真っ向からそんな指摘をされたのは初めてのことだった。もちろん真田も一緒だろう。

本人が自覚している以上に、みんな、自分のことに必死だ。自身の生活態度、学業成績、恋愛や友人関係に頓着しているだけ。いつだって自分の日常の延長線上に他人がいるだけなのだ。

でも佐藤は洞察力がある上に、特定のグループに属さず、俯瞰的に周囲の人間をよく見ている。だから私と真田に覚えた違和感を見逃さなかったのだろう。

それともうひとつ。常識的な人は、ちょっと不審に思ったくらいじゃ他人に何も言わない。

「そっか、分かった。それで二人とも、今から長話してもいい？」

私はポケットからスマホを出す。私の指に応じて、夜間用の暗い光が液晶画面に灯る。午後九時二七分。就寝前の点呼がかかるまで、あと二十分以上ある。ベンチに触れるお尻と背中が冷たい。ついでに足元も冷えてきた。

でも私は、佐藤の話を聞いてみたかった。

「いいよ」

真田も異論はないようで、黙って頷いている。

「ありがと」

佐藤は、ふぅーっと音を立てて息を吐く。

背もたれに預けた肩から、力が抜けていく。ジャージに包まれた足が、だらんと投げだされる。それは彼女が自分を落ち着かせるための、一種の儀式だったのかもしれない。

「お疲れ様会のときのこと、なんだけど。体育館でもりりん会長が消えちゃったのを見て……あたし、思いだしたの。あたしにも中学生の頃、もうひとりのあたしがいたなって」

私は怖々と問う。

「……それ……もしかして佐藤にも、レプリカがいるってこと？」

どこか諦めたような笑みを浮かべて、佐藤は首を横に振る。

「もういないよ」

その言葉の意味を、私は正確に捉えられない。

もういないとは、どういう意味だろう。ナオはいちど消しても、呼べば現れる。死んだってまた現れた。私と同じ服を着て、何事もなかったように。

「たとえばさ。仲のいい友達……Aちゃんが、クラスでいじめられてるとするじゃない」

佐藤は今、自分自身の過去を話している。それが分かったから、余計な口を挟まなかった。ただ、いっそ軽やかに弾む声音に耳を澄ませていた。

「あたしの中には、Aちゃんを助けたいあたしと、助けたくても助けられないあたしが同時に存在する。友達をかっこよく助けられたらそりゃあ素敵だけど、もしもそのせいであたしまでいじめられたり、孤立しちゃったら……なんて考えるのは、人間なら当たり前でしょ？」

学校という場所は、しばしば社会や国家に喩えられることがある。

限られた人間関係が構築される、特殊な空間。グループ以外の人間には排他的で、閉鎖的で、その中で起こっている出来事の多くは、外部に漏れることがない。

「あたしは、それが怖かった。でも、Aちゃんを助けたかった」

右手と左手の人さし指。見た目はほとんど同じ形をした二人の佐藤が、ぶつかり合いながら揺れ動く。

「そんなとき、もしも、Aちゃんを助けたいって体当たりの気持ちだけを、優先できたら。他のぜんぶをかなぐり捨てて、ただ友情のためだけに他のすべてを犠牲にできる……そんな強い自分がいてくれたなら」

血しぶきを上げながら両者はぶつかり続ける。右手はとうとう舞台から落ちていく。

そうしてその場に残ったのは、左手の人さし指。たったひとりの佐藤梢。

「そうして生まれたレプリカは、Aちゃんを庇って『いじめなんて良くないよ！』なんて……いじめっ子たちを諭すことができる、正義の佐藤梢になるわけだ」

正義。その響きの空虚さを皮肉るように、佐藤は唇を歪める。

「そうして役目を終えた正義の佐藤梢は、どこかに去っていきました。取り残された佐藤梢はいじめられはしませんでしたが、思った通り周りから爪弾きにされるようになり、まともに友達が作れず、中途半端にグループを渡り歩く佐藤梢になったのでした。ちゃんちゃん」

ハッピーエンドとはほど遠い苦い結末を、佐藤はあっさりと語り終える。

「……佐藤のレプリカは、どこに消えたの？」

私は思わず訊いていた。役目を果たしたことを誇るでもなく消えたもうひとりの佐藤は、今どうしているのか。

芝居がかった仕草で、佐藤がひょいと肩を竦める。あるいはただ寒かったのかもしれない。

「さぁね、あたしには分からない。ひとつだけ分かるのは……どんなに待っても、あたしのところには戻ってこなかったってこと」

戻ってこなかったレプリカ。

違う。そこじゃない。私は思考を引き締めるように頭を振り、唇を噛む。

今の佐藤の話には、もっと重要なことがある。聞き逃してはいけないことがある。

「えー、っと。つまりレプリカは、理想の自分ってこと？」

言い淀みながら、真田が口を開く。

「どうだろ。それは、ちょっと違うんじゃないかな」

二人の会話を意識の片隅で聞きながら、私は、まだ、考えている。

「理想の自分よ、どこかから生まれてこーい！　なんて唱えてそんなもの生みだせたら、ほとんど魔法使いじゃない？　現代に魔法使いが残ってるとしたら、それはそれでロマンだけどさ。ていうか雷とか撃ちたいし、炎とか水とか出したいけどさぁ」

「じゃあ佐藤は、レプリカについてどう考えてるんだ？」

「んー。理想に限りなく近い存在……みたいな？」

それはどう違うんだ、と真田が唸る。あはは、と佐藤が笑う。捉えどころのない笑みだった。

ベンチの片隅に放置していたコーン缶を、ずずっ、と今さらのように佐藤がすする。

望遠鏡のように傾けてそれを覗き込んだ佐藤は「よしっ」と満足げに言ってから、私にも中身を見せてきた。

出口のない空洞。そこに一粒も黄色いコーンは残っていなかった。それこそ魔法のように。

「助けてって呼んだら、どこからともなく来てくれるなんて、まるでヒーローみたいだよね。助けてアンパンマーン、ドラえもーん、みたいなさ」

冗談めかす佐藤は、でもふざけているわけじゃない。その目はどこまでも真剣だった。

「まだ時間あるね。せっかくだし、次は真田くんの話も聞かせてよ」

「俺の？」

「真田くんのっていうか、真田くんの話とレプリカの話、それと彼からもりりん会長の話とかも聞いてたりする？　そのあたり、詳しく教えてもらえると助かるかな」

佐藤は何気なさを装っているが、その話題が、私に考えるヒントを与えるためなのは明らかだった。佐藤はおそらく、私が同じ答えに行き着くのを待っているのだ。

どくん、どくん、どくん。

私の左胸に収まっているだろう心臓は、ずっと騒ぎ続けている。

私と真田、それに佐藤のレプリカ。前会長のレプリカ。

どうして、レプリカは生まれたのか。

どうして、オリジナルとレプリカは違うのか。

姿形は同じなのに、中身が異なる理由。オリジナルにできないことを、レプリカが簡単にできてしまう、理由。

鈍く痛む頭をのろのろした速度でも回転させていれば、自ずと答えらしいものが見えてきた。

その結論に辿り着いたとき、私は足元ががらがらと音を立てて崩れ落ちていくような、そんな錯覚を起こしていた。

だとしたら、レプリカは。

レプリカは…………………。

「……で、俺が知ってるのはこれくらいなんだけど」

訥々と話していた真田は、そんな言葉で締め括った。不安そうな真田に向かって、佐藤は何度も頷いてみせる。

「すごく興味深い話だったよ、ありがとね真田くん」

「それなら良かったけど」

「それとあたし、もうひとつ気になることがあってね」

すでに当事者ではないからか、彼女はそれこそ研究者のような顔をして切り込んでくる。

「できれば明日の班行動のときにでも、二人に試してもらえればと思うんだけど。理由はまたあとで話すからさ」

ぺらぺらと喋る佐藤に圧倒されている様子の真田と異なり、私はげんなりしていた。もう勘弁してくれ、と言ってやりたい。これでは、私のちっぽけな目標が霞んでしまう。

でも、これは今までのツケなのかもしれない。レプリカを使ってきたツケ。レプリカと自分について、何も考えてこなかったツケ。

停滞していた時間を、佐藤がかき回す。私と真田は抗う術を持たない。私たちだって本当は、知りたいことだらけだったからだ。

だからこそ私は、きっと明日……今まで逃げてきたすべてと向き合わなければならない。

あの子と、向き合わなくてはならない。そんな予感だけを、胸に抱いていた。

◇

◇

「部屋だけは余ってるから、泊まっていって。隼くんも昨日から泊まってるのよ」

そんな多恵子さんの言葉に甘えて、私とアキくんは森家に泊まらせてもらうことになった。

二泊三日の修学旅行は、期せずして続行となったのだ。

夕食では食卓のまんなかにホットプレートを出し、富士宮やきそば……ではなく、しぐれ焼きという料理をいただいた。

しぐれ焼きとは、一言でいうと、富士宮やきそばとお好み焼きを混ぜ合わせた料理だった。

富士宮やきそばは地元では昔から食べられてきた郷土料理で、町おこしの一環としてそう命名されたらしい。静岡のB級グルメといえば、浜松餃子と並んで思い浮かべる人が多いだろう。

ふつうのやきそばとの違いは、専用の麺を使うことと、肉かすを入れること。だし粉を振りかけるところは、我らがしぞ～かおでんにも通ずるものがある。

もっちりとした、それでいて嚙み応えのある麺には濃いソースが利いていて、それをキャベツや肉かすと一緒に口に入れる。肉かすには旨みがたっぷりと詰まっていて、噛めば噛むほどじんわりと脂が染みだしてくる。

炭水化物と炭水化物による奇跡のコラボレーション。モダン焼きや広島焼きにも似ていて、いちばん違うのは名前である。

多恵子さんが作ってくれたふかし芋もおいしかった。畑で収穫された秋じゃがいもは、バターをたっぷり溶かして口に含むと、ほくほくと幸せの味がした。

私は遠慮も忘れて、おかわりまでしてしまった。牧場ではお昼のバイキングのあと、アイスやクレープまで食べていたのに、旅行中はどこからか無限の食欲が湧いてくるらしい。

五人での夕食のあと、私は先にお風呂を借りた。

順番に入浴を終えたところで、多恵子さんから声をかけられる。

「みんな、布団敷くの手伝ってくれる？」

「はーい」

テレビを観ていた私たちは居間から移動する。

寝室として貸してもらえたのは、居間の真横に当たる部屋だ。

襖で仕切られた二間続きの和室は、普段から客間として使うことが多いという。いいにおいのする畳の数を、心の中でひいふうみいと数えたところ、居間に近いほうが六畳、もうひとつが八畳なので、合わせて十四畳の広さだ。

雨戸を閉めた窓側では蚊やりが焚かれている。押し入れの上の段から私とアキくん、下の段から望月先輩が、きっちりと畳まれた布団や毛布を引っ張りだしていく。

「アキくん、そっち持って」

「おー」

「せーの、で出すからね。せーのっ」

両端を抱えるように持ち上げ、畳の上に広げているうちに、合宿みたいで楽しくなってくる。望月先輩は昨夜も敷いたからか、私たちより作業スピードが早かった。

少し遅れて私たちも、畳にひとつだけの布団を敷き終わり、寄り添い合うように二つの枕を配置することができた。これで作業は完了である。

……と思いたいのだが、何かがおかしい。

考えるまでもなく布団が足りていないのだ。私は勢いよく振り返って、押し入れを隅々まで確認する。

しかしそこに答えは隠されていなかった。寝ぼけたドラえもんもいない。

「押し入れ、空っぽだね」

「……そうだな」

もしかしてこれは、ひとつの布団で寝てね、ということなのだろうか。それとも布団が足りていません、と伝えに行っていいものなのだろうか……。

かちんこちんになって二人で直立していると、様子を見に来た多恵子さんが「あらあら」と頬に手を当てる。

「ごめんなさい、布団足りなかったのね。あっちの押し入れから持ってくるわ」

真っ赤になった私たちが、止めていた呼吸をなんとか復活させていると、一部始終を眺めていた望月先輩がにやにやしている。

「お前らさ、やっぱ付き合ってるよな。ばればれだぞ」

そんな小さな事件もありつつ、寝床の準備は整った。

六畳のほうに望月先輩が、八畳のほうに私とアキくんが布団を敷いた。まんなかで寝るのはアキくんである。

持参したチェックのパジャマ姿の私は、布団の上で正座をして二人を見やった。

アキくんは毎夜やっているという全身のストレッチをしている。右足を重点的にケアしているようだ。望月先輩は布団に仰向けに転がり、スマホをタップしていた。

いつ言いだそう、と私はそわそわする。髪は乾かした。歯磨きもした。もう準備は万端なのだが、声をかけるタイミングが摑めずにいる。

今か、それとも五秒後かと悩んでいると、望月先輩がさらりと言う。

「そろそろ寝るか」

「えええっ」

私は素っ頓狂な悲鳴を上げた。

だってまだ、夜は始まったばかりなのに。狼狽える私に、望月先輩は眉宇を寄せている。

「なんだよ、大声出して」

こうなったら、もう躊躇っている場合じゃない。

私は天井に向かって腕をしっかりと伸ばして、願望を口にした。

「私、枕投げしたいです！」

だってこれは、私たちにとっての修学旅行。

修学旅行といえば枕投げだと、相場が決まっている。先生に怒られるまで枕を投げ合って、消灯のあとは、同じクラスの誰が気になるとか、誰が好きとか、そんな話をして盛り上がる。実は旅行中に誰々に告白するつもりだとか、内緒の話を披露したりもする。

小学校のキャンプ合宿や、中学校の修学旅行では、素直は我関せずさっさと寝ついてしまったようだ。

でも私は、やってみたい。青春のかたまりみたいなイベントに全力でチャレンジしてみたい。風船みたいに息を弾ませる私を、望月先輩は気怠そうに見がてら、顎で枕を数えてみせる。

「枕投げも何も、枕、三つしかないんだが」

「座布団ならいくらでもあるよ」

そこにどこからか、鶴の一声。

寝転がる望月先輩のさらに向こう、居間に繋がる襖が開いたかと思えば、そこから大量の座布団が押しだされてきた。

座布団の山が喋ったことにびっくりしていると、ひょこっと上から豊さんが顔を出す。

「好きに暴れな」

にやりと笑った豊さんが襖を閉める。

家主さんからの、正式な許可である。私は口元を緩ませながら立ち上がった。

「許可ももらったことだし、さっそくやりまぶ！」

しかし、やりましょうと最後まで言うこともできなかった。

顔面に枕を喰らって、後頭部から布団に倒れる。手元の枕を投げつけてきたのは望月先輩だった。

問答無用の先制攻撃である。さすがに見かねてか、アキくんが苦言を呈している。

「望月先輩、今のは女子への攻撃じゃないでしょ」

「平気だろ、ただの枕だぞ」

先輩は半笑いで手首を回している。なんやかや、やる気になっていたらしい。

「枕っても、小豆みたいなの入ってますよ。当たったらけっこう痛そうだけど」

二人が言い合うのを聞きながら、布団に沈んでいた私はむくっと身体を起こした。

「ほら、別に大丈夫だろ？」

ぺたんと足を開いて座り込んだまま、俯きがちに鼻のあたりに触れる。

「ん？　愛川、どうした？」

「……ごめんなさい。ティッシュありますか？　鼻血、出てきちゃったみたいで」

私が困ったような声で言うと、望月先輩は目に見えて狼狽えだした。慌てて手元のリュックを探ろうとしゃがみ込む。

「マジか。え、ちょ、ごめんすぐにティッシュ」

「隙あり！」

その瞬間、私は喰らったばかりの枕を拾い上げ、望月先輩に投げつけていた。

我ながら見事なクリーンヒット。全力の一撃は先輩の横顔に直撃する。

残念ながら昏倒させるには至らず、数秒遅れて枕がどさっと布団に落ちれば、頬を引きつらせたマジギレ直前の望月先輩と目が合う。

「お、まえ……やってくれたな」

「ついでにもう一発！」

アキくんが叩き込もうとした枕を、次はさすがの敏捷さで躱している。

「いいだろう、上等だ。全員ブッ倒す！」

勇ましく宣言した望月先輩が、山の頂点にある座布団をむんずと摑み上げる。

「おらああ！」

その場でぐるぐると回転しながら放たれた一撃。ブーメランと化した座布団をアキくんはお腹で受け止めてすかさず投げ返すが、先輩の枕ガードで防御されてしまう。

「やりますね」

「三年を舐めるなよ。今まで何回枕投げてきたと思ってんだッ」

二人の激しい攻防が続く。それを尻目に私も座布団の山にそろそろと接近していた。

両手に座布団を装備し、死角から望月先輩に襲いかかる。

「こっちも忘れてもらっちゃ困りますっ」

「二刀流だと？　くそっ」

しかし、私の手に座布団は大きすぎた。投げつけた座布団は望月先輩にもアキくんにも届かず、力なく畳の上に落ちる。丸腰になった背中に、誰かの放った枕を喰らう。

大乱闘だった。宙を飛び交う座布団、枕、アンド座布団、オア枕。しゃがんだ拍子に手に触れた何かをとりあえず投げ、飛んでくる何かを無我夢中で避ける。その繰り返しである。

ときにはいろんな組み合わせの二対一となったが、形だけの共闘など長くは成立しない。枕投げにおいて、信じられるのは自分だけなのだ。

こんな感じで、最終的に……枕投げ大会の勝敗はつかなかった。

畳の上には、枕と座布団が散乱していた。きれいに敷いたはずの布団も皺だらけになって、力尽きた三人はあちこちに転がって荒い息を吐いていた。

「すごい……身体、熱いっ」

畳に転がった私は、ぱたぱた、と両手を団扇にして顔をあおぐ。そんな頼りない風ではどうにもならないくらい、全身が火照っていた。

髪を結んでいるのに首の後ろが熱を持っていて、心臓だってうるさいくらいに騒いでいて、心地よいを思いきり通り越した疲労感に包まれている。

明日は、きっと筋肉痛になるだろう。そうなったら、嬉しい。

「枕投げって、こんなに楽しいんだ」

「満足した？」

アキくんからの問いかけに、心からの笑みを返す。

「うん。すっごく満足。最高だった」

「そりゃ良かったな。じゃ、片づけるぞ」

やれやれと言いたげな表情で、座布団を片づけていく望月先輩。いちばん燃えていたくせに、と私は唇を尖らせながら、あちこちに散らばる座布団を回収した。

本当はまだまだ遊び足りなかったけれど、時計の針は午後十時近い。

多恵子さんたちの寝室はここから離れているようだ。しかし平屋なのだし、遅くまで騒いでは迷惑だろうと、オレンジ色の小さな光だけを残して消灯することにした。

布団に横になり、形ばかりのおやすみなさいを言う。

……でも、まだぜんぜん眠くない。

枕投げの興奮冷めやらぬ身体はぽかぽかと活性化して、アドレナリンはどばどば出ていて、どこもかしこも臨戦態勢なのだ。

「望月先輩、ぜんぜん寝られそうにないです」

「……」

「先輩？」

私はいったん、口を動かすのをやめた。

耳を澄ますでもなく、ぐごご、といびきの音が聞こえてくる。望月先輩はけっこう激しく、いびきをかくタイプらしい。悪いと思いつつ、くすりと笑ってしまう。

「アキくんも、寝ちゃった？」

空気をわずかに揺らすだけの小さな声で呼べば、もぞもぞ、と布団のかたまりが動く。間もなく、こっちを見る二つの目と視線が合った。

それだけで嬉しくて高鳴ってしまう心臓を、たぶんアキくんは知らない。

「起きてる」

寝られないのは、彼も同じらしい。

消灯のあとに内緒話をするだなんて、いけないことをしているみたいだ。ルール違反の私は、ひそひそと声を潜めて問いかけた。

「ね。ね。そっち、行ってもいい？」

指先でちょいちょい、アキくんの布団を指し示してみる。

「だめ」

でも、共犯のはずのアキくんは頷いてくれなかった。迷う素振りさえない。

「手を出すつもりはないけど、俺も男だから。さすがにいろいろ……堪える自信なくなる」

ちらりと後ろを見るようにしたのは、望月先輩を気にしてのことだろう。

視線を戻したアキくんが、私を強い目で見据える。

「俺、ちゃんとナオのこと、大切にしたいから」

だからだめだ、とはっきりと断られる。

そんなアキくんを見つめて、私は本音を口にした。

「私は手、出してほしい」

潜めたはずの声が妙に大きく響いたように感じたのは、私の気のせいだったのかもしれない。

アキくんは呆然としていた。次の瞬間、裏切りに遭ったように頬を歪ませる。

「それ、本気で言ってる？」

「うん」

私は躊躇せずに肯定した。

「アキくんとね。手を繋いでたら、私も眠れるかなと思ったの」

それにはアキくんの協力が必要不可欠だ。

だから、ちゃんと手を出してくれないと困る。逆に言うと、手だけは貸してくれないと困る。他は大丈夫。

そんな願いを込めて見つめると、薄闇の中でも分かるくらいアキくんの頬が赤くなっていた。

「アキくん？」

なんだか様子がおかしい。熱でもあるのだろうか。

アキくんは手で顔を覆って「あー」とか「うわー」とか唸ったあと、指の間からぎろりと私を睨んできた。まったく迫力はなかった。

「絶対だめ」

「えっ、なんで？」

気がつけばアキくんは、頑固なアキくんに進化していた。

「だめったらだめ」

「ケチ！」

「何を言われようとだめ」

取りつく島もない。何がきっかけなのか、機嫌を損ねてしまったようだ。

とうとうアキくんは寝返りを打ち、向こうを向いてしまった。ちぇっ、と私は唇を尖らせる。

しかしこんな問答で諦めるつもりはない。かけ布団を胸元にごそごそ引き寄せながら、すん、と私は寂しげに鼻を鳴らしてみせた。

暗がりの中。アキくんの肩が、ぴくり、と動いたのが分かる。どこを向いていたって、機嫌の悪い振りをしていたって、私の一挙一動を気にしてくれている。

泣きだしそうな感じの声を作って、呼びかけてみる。

「ねぇ、本当にだめ？」

「………………」

返ってくるのは沈黙。だけど確実に響いている。もう一押し、の気配がする。

これでもだめだったら、布団に潜り込んじゃおう。

「アキくん」

そう思っていると、致し方なさそうに伸ばされてきたものがあった。

アキくんの左手だ。彼の骨張った手が、白く浮き上がるように見えている。喜色満面の私はごろりと寝返りを打って接近すると、その手をぎゅうと摑んだ。

勝手気ままに操る。私の頭をよしよしと撫でてもらって、頰に触ってもらったあとは、私も思いきって頰擦りをお返しする。

私が子猫だったら、喉だってごろごろ鳴っていたかもしれない。

指と手だけのアキくんも、私は好き。

「俺の手で遊ぶの、ヤメテクダサイ」

ようやくこっちを見てくれた棒読みのアキくんは、さらに顔を赤くしている。

どうやら、やりすぎてしまったようだ。反省した私は当初の目的を思いだして、やおらアキくんの左手と自分のそれを絡める形で握ろうとした。

「ここぞとばかりにイチャつくよな、お前ら」

口から心臓が出そうになった。

片側だけ閉じた襖から聞こえてきたのは、望月先輩の声である。

ぱっと手を離して、大慌てで布団に隠れる。今さら遅いと思い当たったところで、頭だけ出した。

「せ、先輩。もう寝たんじゃ」

「寝たふりだよ」

さすが演劇部だなんて感心している余裕は、私にはなかった。

二人きりだと錯覚したから、優しい彼氏に甘えて、困らせて、好き放題やっていたのだ。一部始終を先輩に目撃されていたとなると、根底からすべてが覆る。

「枕で頭叩けば記憶、奪えるかも」

羞恥心のあまり頬を火照らせながら、私はぼそりと呟いた。

「物騒なこと言ってないで、続きは？」

ほれほれ、と笑みを含んだ意地悪を言う先輩に、本気で枕を投げつけたい。

「しませんｈ。もう寝ます！」

「なら、恋バナでもするか。それも修学旅行の醍醐味だもんな」

そこで、私は返答に窮した。

枕投げの次は言わずもがな、恋バナをするものだ。そう相場が決まっているけれど、その話をしましょうと声高に言う気は起きなかった。

「僕に気ぃ遣ってんなら、余計なお世話だ。そこまでヤワじゃない」

私は横向きのまま、アキくん越しに先輩の姿を見た。

頭の後ろで手を組んだ望月先輩。開かれた目は、どこを見ているのだろう。ぼんやりとした光を灯す天井か。あるいは……。

「そんなわけ、ないですよね」

こんなこと、言うべきじゃないかもしれない。でも私は、気づかない振りをするのが下手だ。

「大好きな人がいなくなっちゃって……平気なわけ、ないです」

「お前に悟られるくらいじゃ、僕もまだまだだな」

望月先輩は苦笑する。薄闇が、その吐息に揺れる。

それは牧場では聞けずじまいだった、話の続きでもあった。

「寝ても覚めても……いや、最近はほとんど寝てないけど、ずっと森のこと考えてる。考えずにいられないんだ」

感情を押し殺したような静かな声は、夜の囁きに似ている。

「疑問だらけだから知りたかった、いろいろなことを。でもお通夜のとき、森のおばさんは話せるような状態じゃなくて……そのとき、おじさんから手紙をもらった。森が僕宛てに書いた手紙だって。寝たきりになる前の日に書いたものだと思う、って」

私は思いだす。ピンク色の封筒を握った望月先輩を、校内で見かけたことがあったのだ。読む勇気がなかなか出なかった手紙を、先輩は持ち歩いていた。何度も悩んでから、ひとりきりの生徒会室で腹を据えて読んだそうだ。

すずみ先輩からの手紙には、包み隠さずすべてが書いてあった。幼い頃、ドッペルゲンガーを生んだこと。彼女は富士宮で祖父母と共に暮らしていること。絵が上手なこと。いつか紹介したいこと。

望月先輩は口にしなかったが、手紙の本題はそこではなかったはずだ。すずみ先輩がリョウ先輩に宛てたもう一通の手紙には、告白への返事をしたためたことが記されていた。

それには触れず、望月先輩は話を続ける。

「虫の知らせっていうやつだったのかもな。手紙の最後に富士宮の住所が書かれてたんだ。それを見て、すぐに行こうって決めた。今思い返すと、現実逃避したいだけだったかもしれないけど。学校も行きたくなかったし」

すずみ先輩の父親にだけ富士宮に向かう旨を打ち明けたところ、彼が両親に連絡を取ってくれた。

多恵子さんたちは、親族以外でお通夜に唯一呼ばれていた望月先輩やその家族のことを覚えていたという。話はスムーズに進み、彼は昨夜からこの家でお世話になっている。

今日牧場に来ていたのは、多恵子さんが観光しないかと提案してくれたからだそうだ。多恵子さんたちは外せない用事があったので、送り迎えだけを担当していた。

「ここに来て、だいたいのことは分かったつもりだ。僕と一緒に花火大会に行った森は森で、夏休み以降は森の振りをしたドッペルゲンガー……リョウだった。今思えば、もろもろ引っ掛かってはいたんだけど、僕も平常心じゃなかったというか。まぁ、今さら言い訳か」

苦々しそうな顔をする先輩の輪郭が、ぼやけていく。

「ごめんなさい、望月先輩」

こんなの、単なる自己満足かもしれない。自分が楽になりたいだけかもしれない。それでも私は謝らずにいられなかった。

「なんにも話さないで、ごめんなさい」

もしも私が、望月先輩に早い段階で伝えられていたら。

彼は自宅で療養するすずみ先輩に、会えていたのではないか。言葉は交わせずとも、冷えきる前の彼女の頬にそっと触れることだって、できたのではないか。

私が何も言わなかったのは、リョウ先輩の気持ちを優先したからだ。すずみ先輩のために必死に役目を果たそうとする彼女は、私自身を映す鏡のようでもあったから。

でもそれは、望月先輩の想いを蔑ろにしていい理由にはならない。

「謝るなよ。こっちは恨み言を吐くつもりなんてないんだから」

何も言えずにいると、望月先輩が小さく笑う。

「ていうか、やっぱりお前らはぜんぶ知ってたのか」

「……はい」

「僕、覚えてるよ、愛川の『新訳竹取物語』でのアドリブ」

望月先輩は諳んじてみせる。

このままじゃ、誰からも忘れられちゃうって分かってるくせに。誰の記憶にも残らないって知ってるくせに。物わかりがいい振りしないで。

舞台の上にあることも忘れて叫んだのと同じ言葉を、彼はよく通る声でなぞってみせる。

「あれな。けっこう、僕の胸にもずしんと来たよ。他の観客もそうだったと思う。演技の技量とか、そういうことじゃないんだ。切実な思いってのは胸のまんなかに届くものだから。……あとになって、愛川もリョウと同じなのかもって、そう気づいた。合ってるか？」

あのアドリブは、私だからこそ言えたこと。似た境遇にある私じゃなければ届かなかった言葉だと、自惚れではなく私は知っていた。

「……はい」

誤魔化さずに頷く。私は簡単に、ドッペルゲンガー……レプリカの仕組みについても、説明することにした。

望月先輩は興味深そうに話を聞いている。一通りの説明が終わったところで、アキくんが横たわったまま挙手した。

「ちなみに、どうして俺もレプリカだって気づいたんですか」

「そりゃ、仲良く修学旅行サボってるし。アキ、ナオ、って呼び合ってるし」

「じゃあ実際は、あんまり確信なかったんすね」

「お前マジ……細けぇことうるせぇな、アキ……」

アキくんを睨みつけた望月先輩は、しばらく沈黙してからぽつりと言う。

「ずっと謝りたかったよ。お前に」

「え？」

「五月頃、森が生徒会室に早瀬を呼びだしたことがある。後輩に暴力を振るったのは本当か、問い質すためだ」

私は息を呑む。

五月ということはリョウ先輩ではなく、すずみ先輩のほうだ。彼女は生徒会長として大きな責任感を持っている人だった。噂を耳にして、放っておけなかったのだろう。

「早瀬は他にも黒い噂がある奴だから、警戒して顧問の先生にも立ち会ってもらった。でも、あいつは何も認めなかった。むしろ覚えのないことで噂を流されてこっちも迷惑している、生徒会ならなんとかしろとまで言い張った」

「言うでしょうね、あの人なら」

アキくんが平然と返す。彼はきっと今、頭の中で真田くんの記憶に触れている。

「他の生徒に訊いてみても、だめだった。バスケ部の連中も、早瀬の報復が怖くてだんまりだ。……結局あいつはなんでか、急に学校来なくなったけど、僕らが何もできなかったのは変わらない」

起き上がろうとする望月先輩を、アキくんが制する。

「俺に謝られても、困ります。傷ついたのは秋也だから」

「……そうか。悪い」

「あと秋也本人に会っても、まだ何も言わないでください。早瀬先輩の名前を聞いたら、また学校に行けなくなるかもしれない。……先輩なら、分かってるでしょうけど」

「ああ。肝に銘ずる」

望月先輩が、硬い表情で頷く。

ずっと謝りたかった、と彼は言った。青陵祭の準備中など、今まで謝る機会は何度もあったはずだ。それでも何も言わずにいたのは、アキくんの様子を逐一確認して、この話題を口にしても大丈夫かどうか見計らっていたからだろう。

「なぁ。九月に、早瀬とバスケ対決したのはアキか？」

次に望月先輩は、あのときのことを口にする。

あの日の体育館には学年を問わず、多くの生徒が集まっていた。私はほとんど周囲に目を向ける余裕がなかったが、その中にはきっと望月先輩やリョウ先輩の姿もあったのだ。

望月先輩は申し訳なさや、やるせなさを感じながら、それでも目を離せなかったに違いない。私とは異なる思いを抱いて、試合の行方を見守っていたはずだ。

「そうです」

合点がいったように、望月先輩が大きく頷いた。

「そうだよな。あれはお前だからこそ、できたことだよな」

私は、ぱちりと目を瞬かせる。

「改めて思ったよ。僕はレプリカを生むことはないだろうって」

でも胸に泡のように浮かんだ問いかけは、その言葉によって掻き消されていた。

「どうして、そう言えるんですか？」

そんなに自信満々に言える根拠が、気になってしまう。

学校に行きたくないと言った望月先輩にも、レプリカが生まれるかもしれない。そんな危惧を、少なからず私は感じていたのに。

「僕が、僕だからだよ」

望月先輩はなんの衒いもなく、きっぱりと答えた。

そこでようやく、私は気づいた。望月先輩が布団に転がって見つめているのは、最初から天井ではなかった。

気詰まりのするそれを突き抜けて、その先にどこまでも広がる夜空を、彼は見上げていたのだ。まるで、役者が立つ舞台を心に描くように。

だから強がりではない笑みを浮かべて、言ってのける。

「僕は逃げない。森のことが好きな自分も、リョウと演劇やった自分だって、他の誰かと共有なんて絶対にしたくない。だって……今までの思い出も、辛いのも苦しいのも、逃げたくなるくらいキツいのもさ」

横になったまま、自身の胸板を、どんと望月先輩が叩く。その力強い音は、離れた私の心臓すら一緒に揺さぶったようだった。

「これは僕だけのものだ。他の誰かに、たとえ僕の分身が相手だろうと、譲ってたまるか」

私は、ゆっくりと息を吐く。

「……すごいですね、望月先輩は」

そして、強い。強くあろうとしているから、かっこいい人だ。

私もまた、目には見えない夜空を見上げる。どんなに分厚い雲が覆い隠していたとしても、空に月は浮かぶし、星は瞬いて歌ってみせる。

きっとこの先、望月先輩は役者として、体育館や市民文化会館より、もっと大きなステージに立つ。まぶしいほどの光に照らされて、所狭しと舞台を駆け回り、心動かされた人々の万雷の拍手を浴びるのだ。

それは、決して遠い未来ではない。そんな気がしてならなかった。

「まぁ、すごかないけどよ。ってわけで二月の如月公演にも参加することにした」

にやりと笑ってみせた先輩が、こちらを向いて一本指を立てる。

「役者は僕ひとり。一人芝居に挑戦してみたくてな。いつもの奴らも誘うつもりだけど、お前らも裏方手伝ってくれたら助かる。練習はちょっと顔見せるだけでもいいからさ。本番観に来るとかだけでも、歓迎する」

手伝いたい、という気持ちはある。でも安請け合いできない事情があった。

「私たち、もう学校行けるか分からないんです」

しばらくきょとんとしてから、望月先輩がぐしゃりと髪の毛をかいた。

「そっか。僕んちが大豪邸とかだったら、お前ら二人くらい養えるのに。……って、すまん。犬猫みたいな言い方は良くないな、無神経だった」

「大丈夫です。望月先輩が無神経なのは知ってますから」

「どういう意味だそれは」

睨まれるが、そのままの意味である。無神経含めての望月隼先輩なのだ。

そこで望月先輩がふわぁ、と大きな欠伸を漏らす。つられたのかアキくんも、口元に手を当てて欠伸を噛み殺している。

「そういえばさ。レプリカっていうのは、お前らやリョウ以外にもいるのか？」

「さぁ」

アキくんが首を捻る。あまり期待していなかったようで、そっか、と望月先輩は軽い調子で続ける。

「ドッペルゲンガーの目撃情報って、世界的にけっこうあるじゃん。芥川龍之介とか、『帰ってきた人魚姫』とかさ。ああいうのもやっぱり、レプリカのことを言ってるのか気になって」

『帰ってきた人魚姫』は、現代のドッペルゲンガー伝説とされる実話である。

一九八五年、ドイツ北部で起きた水難事故。アロイジア・ヤーンという名の女性が意識不明の重体に陥り、病院に運ばれたのだが、彼女と瓜二つの女性が浜辺を歩いているのをアロイジアの恋人や友人が目撃した。

「そういえば夏休みに、テレビでアロイジアの特番やってたよな」

「え？　そうなんですか？」

初耳だった。

私は今年の夏休みを、一日も経験していない。素直はＵＦＯ目撃情報については気になるようだが、『帰ってきた人魚姫』には興味がないので、特番に気づいたとしてチャンネルはそのままにしない。

「そこでアロイジアの姉が初めて取材に答えてた。アロイジア本人も存命らしい、そっちは出てこなかったけど」

「へぇ……」

「そこで姉が語った話が、印象に残ってるんだ。アロイジアは事故が起きる数日前から、死にたがっていた……って話なんだが」

「死にたがっていた？」

そう、と目元を擦りながら望月先輩が頷く。もうだいぶ眠そうだ。

「当時、アロイジアには恋人がいた。でもその男は他に好きな人ができて、アロイジアに別れ話を切りだしていたんだと。それが、アロイジアが死にたくなった理由だって……姉は考えていたらしい。病院で目を覚ましたあとは、さすがに事故の影響もあってか、もう死ぬ気なんて起こさなかったそうだが」

「……つまり、事故じゃなく自殺未遂だったと？」

アキくんが低い声で問いかける。

同じことを考えていた私は、戸惑いながらその先を考えていた。もしも海で溺れる直前のアロイジアが、追い詰められた末にレプリカを生んだとしたら……。

「アロイジアは、レプリカに……自分の背中を押してって頼んだの？」

お願い。私を海に突き落として。私を、助けて。

そんなことを、アロイジアは生んだばかりのレプリカに命じたのか。

全身から血の気が引いていく。私はごくりと唾を吞み、想像した。

いや、想像なんてできない。できるはずがない。私はいちど、あの海で死のうとしたのだ。闇よりもずっと暗い色を湛える海に、消えようとしたのだ。素直をあそこに突き落とすなんて、考えられないことだった。

でも、リョウ先輩が言っていた。私たちはオリジナルができないことを、当たり前のようにやれるのだと。そんなふうに歪んでいるのだと。

だったらアロイジアのレプリカも？　それはさすがに、常軌を逸しているのではないか。突き落とせと言われたから大人しく従うだなんて、どう考えてもあり得ない。

あれ、と首を傾げる。

だとしたら、どうして私たちは、

「望月先輩」

「…………」

「望月先輩？」

浮かんだ考えの断片を確認したくて呼んでみても、返ってくるのは寝息だけだった。

先ほどの、わざとらしいほど大きないびきとは性質が違う。望月先輩に訪れた数日ぶりの睡眠だった。

起こしてしまったらかわいそうだと、私はそれきり口を噤む。

天井を見上げる。深閑とした闇だけが、天井付近を満たしていた。

外から虫の鳴く声が聞こえることもなく、かけ布団から出た頰や手の甲を撫でる空気が、突き刺すように冷たかった。

冷気の中にあって、私の意識は冴え冴えとしていた。

硬い枕の感触に身体がびっくりしていたのか、初めて会った人たちの家で横になっているからか。もしくは別の、胸をざわつかせる焦燥のせいかもしれなかった。

思索に沈む私の足を引っ張るように、誰かが、考えるなと叫んでいる。

それ以上、考えなくていい。鈍感であっていい。

そう告げるのは、素直の声なのか、それとも。

「……ナオ」

おもむろに、アキくんが私に向かって手を伸ばす。それを私はすぐに掴んだ。

握ってみれば、すぐに分かる。お互いの手が小刻みに震えていた。温度を分け合っても、震えは一向に治まらなかった。

すべてを寒さのせいにできたなら、どんなに良かっただろう。

私はアキくんの手を額のあたりまで引き寄せて、祈るように目を閉じる。

枕に押しつけたこめかみからは、どくどくと速すぎる鼓動が聞こえる。そんなところまで心臓が移動してしまったなら、空っぽになった胸には何を入れておけばいいだろう。

縋りつくように手を握る。暗闇にはアキくんだけがいる。ふたりぼっちの私たちが、いる。

「おやすみ」

向こうの布団から聞こえた声が、耳の中をたゆたう。

その優しげな残響に、消えないでと呼びかけながら、私は知らず噛み締めていた唇を解く。

大切に、大切に、輪郭をなぞるようにして、同じ言葉を口にした。

「おやすみ、アキくん」

……ああ。

私はきっとこの瞬間を、いつまでも忘れない。いつまでも慈しみ、愛おしみ、大切に胸に抱いて、永遠にしていられる。たとえおばあちゃんになっても、なれなくても。

安心したようにアキくんが目を閉じるのを見守ってから、同じように薄闇に別れを告げた。

だけど知っている。目を閉じている間だって、終わりの足音は近づいている。どんなに身体を小さく丸めても、いずれ訪れる凍った季節から、逃れる術はない。

最終話　レプリカは、知る。

翌日、朝早く起きて朝食をいただいたあとは、みんなで畑仕事を手伝った。

じゃがいもの収穫や草取りを終えて、私たちは富士宮駅に戻るつもりだったけれど、多恵子さんたちはもう一泊すればいいと笑顔で言ってくれる。午後は田貫湖と、富士山本宮浅間大社にも車で連れていってもらった。

二日目の修学旅行も、夕方になるのはあっという間だった。

帰ってきて、豊さんは友人に野菜を分けてくると出かけてしまったが、私たち四人は居間でのんびりお茶をいただいていた。

お茶の横には、もちやで買った草大福が鎮座している。私は爽やかなよもぎの香りを吸い込みながら、もちもちの大福を頬張っていた。

するると明日の天気を訊ねるような口調で、多恵子さんが口を開く。

「ナオちゃん、アキくんも。この家に一緒に住む？」

それは、あまりに思いがけない言葉だった。

硬直する私たちを見て、多恵子さんが申し訳なさそうに言う。

「ごめんなさいね。昨晩の話がちょっと聞こえてきたものだから」

「あ……」

襖の向こうが静かだったから、誰も気にしていなかった。でも本当はあのとき、まだ二人とも居間に留まっていたのだ。

小さくてかわいい草大福を、さらに四つに切り分けて大事そうに食べる多恵子さんは、昨日より穏やかな顔つきをしている。

笑みの浮かぶ優しい横顔が、ゆっくりと大切そうに言葉を紡いだ。

「余計なことかもしれないけど、あなたたちのこと、わたしは放っておけないわ。豊さんもそう言ってた。これはリョウちゃんがいたからこそ、言えることなんだけど……生きてさえいれば、なんとかなるものだから」

生きてさえいれば。

そう、多恵子さんは自身に言い聞かせるように繰り返してから、どこか照れくさそうな笑みを浮かべた。

「いろいろ事情があるだろうに、ごめんなさい。今すぐにってわけじゃないの。ただ、そういう選択肢があるってことは、二人とも忘れないで」

「……ありがとうございます、多恵子さん」

私は、小さな声でお礼を言った。アキくんも頭を下げている。

私たちは目を合わせることもなく、それぞれ残りの大福をつまむ。まさかそんな道があるなんて、今まで思いもしていなかったのだ。

もしも私とアキくんが、多恵子さんたちに引き取られて、この家で暮らすようになったら。

今日のように平穏な毎日が、続く。畑をいじって、たまにはみんなでどこかに遊びに行って、ごはんを食べて、おやすみを言ったら布団に入って、待ち遠しく明日を思う。そんな日常が、当たり前のものとして続いていくのだ。

そんなふうに生きていけたら、どんなにいいだろう。どんなにか幸せだろう。何度も焦がれたような日々が、にわかに実体を伴って眼前に広がっている。

そのとき、座椅子の肘掛けに手をやって立ち上がった多恵子さんが、やるせなさそうに呟いた。

「どうしたって、もうひとりのあなたたちとは一緒に生きていけないものね」

「……え?」

夢から覚めたような気分になって、私は思わず聞き返していた。

「ちょっと近所に出かけてくるわね。三十分くらいで戻るから」

多恵子さんには聞こえなかったらしい。彼女は変わらない温度で微笑み、居間を出ていった。

呆然と見送った私は、多恵子さんの言葉を胸の内で反芻していた。

なんだろう。さっきの言葉に、強烈な違和感がある。絶対にそうすることはできないというような、最初からそうだと知っているような……。

誰かのスマホが鳴る音に、私はびくりと肩を揺らした。

ポケットから出したスマホを見やったアキくんが、眉を寄せる。

「愛川からだ」

素直？

画面をタップしたアキくんは、すぐにスピーカーにする。

「はい」

『……私だけど』

向こう側から聞こえてきたのは、間違いなく素直の声だ。背後には言葉までは聞き取れないが、がやがやとした複数人の声が入り込んでいた。

傍らの望月先輩が黒文字楊枝を咥えたまま固まっているのは、その声……正しくは合成音声が、私の声とよく似ていたからだろう。オリジナルとレプリカの話を念頭に置いていても、驚いてしまう気持ちはよく分かる。

かく言う私も、アキくんと真田くんが隣に並んでいるところを目にしたことがない。逆もそうだった。

なぜかもう一度、耳元で多恵子さんの言い残した言葉が響く。

どうしたって、もうひとりのあなたたちとは一緒に生きていけないものね……。

『今、まだ富士宮？　ナオも一緒にいる？』

アキくんが私を見る。私が何も言わないのを見て取ると、「いるけど」とだけ返した。

『ちょっと話したいこと、あって。真田……アキも一緒に、今から京都に呼んでいい？』

私とアキくんは顔を見合わせた。

何か緊急の事態が発生したとしか思えない。それにしては素直の声に焦りはなかったが、急用があるのは本当のことだろう。明日の夜、静岡に戻るまで待てないような何かがあったと考えるべきだ。

それに内容からして、素直の近くには真田くんが控えているようだった。

「少し待っててくれ。またすぐかける」

アキくんはそう断って、いったん通話を切る。

「ナオ、どうする？」

普段の私なら、すぐに頷いていただろう。

「私、行きたくない」

それなのに私は、はっきりと答えていた。

オリジナルが呼んでいるのに行きたくないだなんて、こんなのきっとレプリカ失格だ。試験があるなら、私は落第の判子を押されてしまう。

でも京都になんて行きたくない。

私は、ここにいたい。都合の悪いことは知らんぷりして生きていたい。多恵子さんだって、ここに住んでいいと言ってくれたのだ。

私はそんなことを声もなく訴えていたけれど、アキくんの黒い瞳には、迷いの色はひとつもなかった。

子どものように駄々をこねる私とは、まるっきり違う。

それでも一縷の希望に縋って、私は問う。

「アキくんは、どうするの？」

「俺は、秋也が呼ぶなら応えたい。だから俺ひとりで行ってくるよ」

やっぱり、アキくんは至極あっさりと言う。

どうしてそんなふうに決断できるのだろう。同じ不安を胸に抱えているはずなのに、アキくんは躊躇しないのだろう。悔しくなるけれど、そうじゃないのだと始めから分かっていた。

アキくんも私と同じくらい、もしかしたら私よりも不安で、怖くて、それでも逃げださないだけ。

それなら私だって、覚悟を決めなくてはならない。向き合わなければいつか後悔することだって、本当は知っていたから。

「……ううん。私も、行く」

アキくんが私の目を見る。不本意な選択なのを、聡い彼にはたぶん見抜かれている。それでも大丈夫だというように頷いてみせれば、納得してくれたようだった。

空になった小皿に手を合わせている望月先輩に、アキくんが言う。

「そういうわけで、望月先輩。これから俺たち、京都に行こうと思います」

「……うん？　京都？」

　ぱちり、と目を開いた望月先輩が、調子外れな声を出す。

　電話の音声は彼にも聞こえていたはずなのだが、ちんぷんかんぷんの様子である。私は一から説明することにした。

「私とアキくんはこれから京都に行ってきます。この場には、私とアキくんが着ていたものと、持ち物だけが残ると思います。先輩は、それを洗濯かごに入れてもらえるとありがたいです」

「よろしくお願いします」

　アキくんもタイミングを見計らって頭を下げる。

　望月先輩はというと頭痛でもするのか、頭を押さえて手を振っている。

「……いや、待て待て待て」

　私はすぐに察した。

「言いたいことは分かります。交通費も払わずに京都に行くなんて、だめですよね」

「いやぜんぜん違う。僕は鉄道職員としてもの申したいわけじゃない」

　じゃあなんだろう。小首を傾げると、望月先輩の頬はほんのりと赤くなっていた。

「分かってんのか。僕、男だぞ。後輩女子が身につけていた服やら下着やらを……っていうのは、その、いろいろと道義的に問題あるだろっ」

　私がきょとんとしているからか、望月先輩は次にアキくんのほうを向く。

「アキ、お前はいいのか。他の男が彼女の下着を運ぶんだぞ。場合によっては、事故であっても、その、っさ、触っちゃうかもしれないんだぞ」

「はぁ」

しかしアキくんの反応も乏しい。

「望月先輩ですから」

「うん。望月先輩ですから」

望月先輩が脱力したような溜め息を吐く。

「それは、信用されてる……ってことでいいんだよな」

こくこく、と私とアキくんは頷いた。

望月先輩はどこか恨めしげに、私たちを交互に見やったが、それ以上の文句の言葉は喉の奥に呑み込んでくれたようだった。

「っああもう、分かったよ。多恵子さんたちには僕から伝えておくから、さっさと行ってこい」

「ありがとうございますっ」

「で、しばらくしたら戻ってくるんだよな？」

えっと、と私は言い淀む。

昨夜、レプリカの仕組みについては簡潔に話したのだが、あれだけでは理解が及ばなかったのだろう。望月先輩はレプリカを持たないのだし、それは当然とも言える。

「……戻ってこられないです。京都に呼びだされたら、それきりというか。一方通行なので」

先輩が首を捻る。

「じゃあ、お前らの荷物とかどうすんの？」

「望月先輩が静岡に持って帰るとか……」

「僕が？　三人分を？」

「ええと。素直たちの用事が済んだら、また連絡するので……」

計画性のなさに脱帽したのか、先輩はしばらく絶句していた。しかし、がしがしと頭をかくなり、ぶっきらぼうに言い放つ。

「とりあえず脱衣所から洗濯かご持ってこい！　それならほとんど触らずに済むだろ」

「分かりました！」

私が洗濯かごを手に風のように戻ってくると、アキくんが素直宛てに電話をかける。

コール音が鳴る前に、素直は電話口に出た。ずっとスマホを手に連絡を待っていたのだろう。

『話、まとまった？　大丈夫？』

「うん、大丈夫だよ」

私が横から電話口に向かって答えれば、素直が静かに息を吸う。

その声は、私の耳朶に響く。

『ナオ、消えて』

次に呼ばれたとき、私は京都の地にいる。

「……え？」

目を開いた瞬間。

まず、私は唖然として声を漏らしてしまった。視線を送っていた先は、正面に立っていた素直ではなく、その先に広がる光景だった。

薄い雲の棚引く夕空。赤く切なげに色づいた稜線。

嵯峨野と嵐山の間を悠々と流れる桂川に架かるのは、渡月橋である。私が立っているのは、渡月橋と紅葉で賑わう山々を望む、桂川の河川敷だったのだ。

ここからでも、夕焼けを背景に渡月橋を渡っていく人の姿がよく見える。着物姿の外国人。走る兄弟を追いかける母親。手を叩いてはしゃぐ修学旅行生。

自転車でのんびり走っていく男の子は、きっとすぐ近くに家があるのだろう。橋の上にはバスや自家用車も走行している。嵐山を代表する観光名所だけれど、渡月橋は地元住民にとって生活道路でもある。

そんな景色を眺めていた私は、思いだしたように小さく震える。人気のない河川敷で、吹き荒ぶ風を防ぐ手立てがないからか、盆地である京都は想像以上に寒かった。本格的な冬の気配が、静岡よりずっと濃密に感じられる。

「寒い？」

絶景を譲るように後ろに下がっていた素直が、首を傾げる。寒さの理由は外気だけではなく、今の素直の格好にあった。

目の前の素直は、愛らしい雪兎のようだった。椿紋様が美しい卯の花色の着物に、紺色の上品な帯を合わせている。着物の柄がシンプルだからこそ、整った顔立ちや立ち姿がより際立つ。

艶のある長い髪はサイドを三つ編みにしてねじりながら、後ろでまとめてある。ほんの数時間前の記憶を辿ったところ、着物レンタルのお店で着付けやヘアセットをやってもらったようだ。

もこもことしたファーに包まれた首を下げてみれば、もちろん私も同じ格好をしている。どうりで手足が冷えているわけだ、と納得した。

足袋や草履を履いた足元だけは、妙に馴染んでいる。演劇練習に明け暮れた日々を思い起こしながら、私は首を横に振る。

「へーきだよ。もう少ししたら慣れると思う」

インナーを着ているし、お腹と背中にカイロも仕込んであるようだ。寒さ対策は万全である。

そう、と素直が頷く。そのさらに後ろに、真田くんとアキくんの姿があった。

二人もまた着物姿である。灰色みの強い、くすんだ茶色の着物は一見地味だったが、差し色の金茶色の帯が鮮やかで着慣れたふうを受ける。落ち着いた黒い羽織は温かそうだ。

私は、真田くんを遠慮がちに見つめる。アキくんにそっくりどころか、当然ながらまったく同じ容姿の男の子を。

アキくんは今まで一度も消されることなく、継続して生活を送ってきた。もし一回消されてから呼ばれたら、俺ぽっちゃりになるよ、なんて前にふざけて言っていたけれど、外見上の違いがほとんど分からないことに安心した。急にアキくんが太ってしまったら、百年の恋が冷めるとまでは言わないけれど、少なからず私は動揺していただろう。

しかし体型や、短く切られた指の爪はともかくとして、明らかに変化していたのは髪の長さだった。

真田くんは最近になって散髪したのだろう。髪型はほとんど変わりないけれど、ほんのわずかにアキくんの前髪が短くなっている。どこかに消えてしまった数ミリの前髪に、私は、もっと触れていたかった。

ただこうして並んでいると、どちらがアキくんで、どちらが真田くんなのかは一目瞭然だった。

真田くんは、どこか気弱そうで落ち着かない。素直とアキくんをちらちら見るばかりで、私のほうは見ようともしない。

素直が、真田くんを一瞥して言う。

「真田は、まだ？」

「え？」

真田くんは戸惑ったような顔つきをしている。

「まぁ、いいけど」

素直は、ひとりで何かに納得したようだった。

短いやり取りの意味は分からないまま、私は素直に視線を戻した。

美しく着飾った素直。誰よりもきれいな素直に、そっと問う。

「素直。旅行、楽しい？」

心の片隅で私はいつものように、つまらない、と返ってくるのを期待している。

「見ての通り、満喫してる」

着物の袖を、素直がひらひらと揺らす。

左手には、白地に三崩しの模様が入ったシンプルなデザインのがま口バッグを提げていた。家を出発するときには持っていなかったそれは、着物レンタル時に一緒に借りたものだ。

私はなんて言ったらいいか分からず、沈黙を返す。

今日の素直は、いつもと何かが違う。それに動揺しているせいか、着付け以前の素直の記憶をうまく辿れない。

「とりあえず座る？」

素直は何事もなかったように、河川敷の段差に腰かけるように座る。それに倣ってか距離を取って、困り顔のまま真田くんがしゃがむ。その隣にアキくんも腰を下ろした。私も黙って従うことにする。

「急に呼んだのには理由があって。ナオに、見せたいものがあるの」

「……うん」

私は、溜め息のような声で頷いた。本当は頷くのも億劫だった。

この十一月だけではない。九月下旬の頃から、ずっと考えていたことだ。

素直は、いったい何がしたいのだろう。しばらく学校に行けと言ったかと思えば、これからは自分が毎日行くという。

理由を訊ねても、何も話してくれない。私は、身勝手で気まぐれで、やりたい放題のオリジナルに振り回されてばかりいる。

それはいわば八つ当たりに近い感情だった。でも私は、八つでも九つでも、いくつだって素直に当たらずにいられなかった。

うんざりする私に気がつかず、素直は白い指で手元のスマホを操っている。

「さっき、修学旅行前に受けた共通模試の結果が出たの」

差しだされたスマホを、とりあえず私は受け取った。

修学旅行に旅立つ前週、素直が自宅で模試を受けていたのは知っている。担任の先生から、強制ではないが進学希望の生徒は個人で受けておくように、と通達があったものだ。

お母さんに話して許可をもらった素直は、慣れない申し込み手続きや受験料の支払いをした。受けたのは英語、数学、国語の三教科。配点はそれぞれ百点だ。貴重な日曜日を丸々使って、素直はウェブ受験に取り組んだ。

スマホ画面には成績を確認する、と書かれた無機質なボタンが大きく表示されている。ここまで来たなら、あとは指先ひとつ動かすだけで素直の模試結果にアクセスすることができる。

でも、どうして私に？

困惑した私は、素直を見やった。視線には気づいているだろうに、細い眉を寄せた素直は桂川の流れを見ているだけだ。

川面を眺める彼女の後れ毛が、夕日の光に透き通って金色に輝く。

「まだナオに、知られたくなかったから……自己採点もしなかったし、結果もまだ自分の目で確認してなくて」

「私が、最初に見ていいの？」

「いいよ」

そう言われれば、見る以外の選択肢はない。

躊躇いながらも、私はボタンを押した。ぱっ、と画面が白く切り替わる。

スクロールするまでもなく、三教科の点数は一目で確認できた。

無言の私に苛立ちをにじませることはなく、素直がゆっくりと口を開く。

「それぞれ、何点？」

しっかり間違いないことを確かめながら、私は口に出した。

「英語が四十四点、数学が五十二点。国語が六十二点だよ」

客観的に判断するなら、軒並みいい結果とは言いがたいだろう。右横にある判定欄に並ぶアルファベットに、ＡやＳの文字はひとつもなかった。

でも、私には分かる。

素直は勉強が苦手だ。そんな彼女がこれだけの点数を取るには、相応の努力が必要だった。

私が代わりに学校に通い続けた、約一か月間。素直は自室にこもり勉強に明け暮れていた。分からないところがあれば私に訊いてきた。間違えるたびにノートをぐしゃっとさせながら、何度も同じ問題を解いていた。

隣を見ると、素直の小さな横顔は安堵と失望が入り交じったような、複雑な表情をしていた。

それでも私の視線に気づくと、どうだと言わんばかりに胸を張ってみせる。

ちょっと苦しそうだったのは、胸紐が食い込んだのかもしれない。

「どう？　私だって、やればできるでしょ？」

ややあってから、目を伏せた素直は嘆息を漏らす。

「……なんて偉ぶれる点数じゃなかったけど。思ってたより、ぜんぜんだめだった」

「そんなことないよ」

私は前のめりになりながら、首を横に振った。

他の誰にばかにされようとも、私にだけは素直のすごさが分かっていた。確かに実を結ぼうとしている努力のかけらを、見逃したりはしなかった。

「だって素直、いつも授業をろくに聞かないで窓の外を眺めてたり、髪の毛をいじったりしてたのに、短期間でこれだけ点数を伸ばすなんて、本当に、本当にすごいと思う」

息せき切って伝えれば、それを聞いた素直は口をへの字に曲げている。

「ねぇ、それ褒めてるつもり？」

もちろん、そうだ。

素直は信用ならないと言いたげだったが、諦めたように話題を変える。

「青陵祭の次の週に、私が言ったこと覚えてる？」

「……うん」

忘れられるはずがない。泣き疲れた私に、素直が言い放った言葉。

手をついて、素直がおもむろに立ち上がる。背筋を伸ばして立つ彼女を、私は一心に見つめていた。

「試験の日も、だるい日も、毎日、ずっと。これからはちゃんと逃げないで、私は私を……精いっぱいがんばるって、決めたの」

あの言葉の続きを、真意を口にする素直の顔は、緊張からか赤らんでいる。

「模試は今の自分の全力で、受けた。学校に来られない友達を、私がいるから大丈夫だって励ましてみた。平日は休まず学校に行って、修学旅行も楽しんで、この二日間、いろんなところを回った。……昔の私、だったらきっと、そうするって思ったから」

たどたどしい口調で、素直は言い募る。真田くんが唖然としているのは、自分を友人と形容されたことに驚いたのかもしれない。

眉間にぐっと、痛々しいくらい力を込めて素直は続ける。

「これからは、いやなこととか、辛いことばっかりナオに押しつけるのは、やめる。一応、今回はその証明をしたつもり……なんだ、けど」

はぁ、と力なく、素直が溜め息を吐く。

額は汗ばみ、喉は震えている。その声音はひどく聞き取りづらいものだった。

そんな拙い告白を受け止めた私はというと、遅れて立ち上がりながら笑っていた。耐えられなくて、なにそれ、と苦笑してしまっていた。

だって、そんなの。

「分かりにくいよ、素直」

私は、確かに、素直のレプリカだけれど。

でも、胸の奥底にある本当の気持ちまで、私が、分かるわけないじゃない。素直の大事な目標を、秘めていた大切な思いを、正確に読み取れるわけないじゃない。

だって私は、そんなあなたのレプリカなんだから。

「すっごく、すっごく、分かりにくいよ、素直」

口を開くたび、私は泣きそうになる。

なんて、不器用なんだろう。面倒な子なんだろう。でもそんな素直が、どうしようもないくらい愛おしかった。

私と向き合う素直の目が潤んでいる。今、私たちは、同じ表情をしているのだと思った。

「……ごめん、ナオ。ごめん」

素直が、躊躇いがちに手を伸ばす。伸びてきた両腕を、私は受け入れた。

「ごめんね。今までたくさん、本当に、ごめん」

ごめん、ごめん、と星のように降ってくる言葉と一緒に、私は抱擁を受け止める。

私は、やっぱり、素直のことをなんにも分かっていなかった。

素直は、前に踏みだしていた。決して私を見返すためなんかじゃない。いやがらせなんかじゃない。

素直は。素直は、素直は。

自分の人生を。

たったひとりきりの自分で、生きる覚悟を決めていたのだ。

肩肘張って、前を向いて、私に行ってきますを言ったのは、逃げずにがんばっているんだって、ちゃんと見ていてって、伝えるためだったのだ。

私は素直をはき違えていた。素直を舐めていた。彼女の決意を、見誤っていた。

なんで祝福、できなかったのだろう。応援してあげなかったのだろう。行ってらっしゃい、がんばれって、一度も言ってあげられなかったのだろう。

ようやく私は、ひとつの言葉を返す。

「素直、がんばったね」

「……ん」

恥ずかしそうに素直が顎を引く。私も遅れて両手を、素直の背中に回そうとする。

そのつもりだったのに、アキくんの声が、私を夢見がちな心地から現実へと引き戻した。

「ナオ、指が……」

語尾が不安定に掠れている。指？　その響きの不穏さに、私は顔を上げた。

見れば、私の指が透明になっている。

素直の背に回そうとした両手の指だ。そこから腕に至るまでが少しずつ透き通っていき、向こう側にある冬枯れの芝が見えている。

「なに、これ？」

緊張感のない私の呟きに、答える声はなかった。誰も、起こっている現象の意味を理解できていないのだ。

でも、それは私も同じだった。悲鳴を上げることもできない。あっという間に身体が消えていくのを、これはなんだろうと思いながら見ているだけだ。

対抗する術を持たないまま、私は空気に溶けるように、あやふやになっていく。

それは現実味がないからか、ひどく美しい光景だった。見とれる合間にも指が、手首が、腕が、肩が、

「ナオッ」

アキくんが叫ぶように私の名を呼び、消えかけていた両方の肩を掴む。

無理やり素直から引き剝がすように、強い力で後ろに引っ張られる。アキくんを巻き込んで芝に倒れて、その衝撃でようやく正気づいた。

今、私の身体は、……消えかけていた？

まなじりが裂けるほど大きく見開いて、両手を上げる。できなかった。肩から先まで侵食は進まず、中途半端に止まってはいるものの、失った腕は戻ってきていない。

「な、え、あっ、ああ………」

「ナオ、大丈夫だ。ナオッ」

起き上がることもできずに動転して、死にかけの魚のように口をぱくぱく開け閉めする私の肩に、アキくんの手が触れている。

「ナオ、大丈夫。大丈夫だから、落ち着いて」

アキくんにも、なんにも分かっていないはずだ。泣きそうな声からして明らかだった。それでも熱い腕が、肩を抱いている。アキくんの手の感触。この手があれば私は大丈夫なのだと、暗黒の海で、昨夜の寝室で、そう言い聞かせた手が私を必死に引き留めている。

私は短く、喉の奥で唸った。閉じた目の合間から涙を流しながら、目の奥に力を入れて、曖昧な自分を引き寄せた。ばらばらに砕けていきそうになる自分を、たぐり寄せて、繋ぎ止めた。

呼吸をする。酸素を吸って、二酸化炭素を吐く。当たり前のことをする。意識してやらないと、もう、うまくできない。

「……ナオ」

それから数秒か、数分経ってのことか。

アキくんに呼ばれた私は、汗か涙か分からない液体でにじむ目を開き、おそるおそる確かめる。

そこに私の両手があった。ぐーぱー、ピンクの爪を交互に見ながら自由に開くことだってできる。何度瞬きして確かめても、どこも、透き通ってなんかいなかった。

それでも信用ならなかった。今、私の両目が透明になっていない証拠がない。

引きつる喉から、振り絞るように問いかけた。

「私、見え……てる？」

「見えてるよ」

「ここに、いるよね？」

「いる。見えてる、ちゃんと」

首が痛くならないかと心配になるくらい、アキくんは何度も頷いた。

私はアキくんの助けを借りて、のろのろと身体を起こした。全身にいやな汗をかいていた。

悪い夢を見ていたのだと思い込むには、河川敷の空気は冷えすぎていた。

「……なんで？」

まるで合わせ鏡のように。真田くんに手を借りて立ち上がった素直は、愕然としていた。

「ねぇ。なんで誰もさっきから……こっちを見てないの？　今、ナオが、消えかけたのに……」

言葉の意味を理解しないまま、私は、その視線の先を追った。

立ち尽くす私の耳が、賑やかな声を拾う。振り仰げば河川敷上の散策路を、何人もの観光客が歩いている。

よくよく考えれば、どうして素直たちは渡月橋の近くだなんて、人目につくところで私たちを呼んだのだろう。ホテルの個室とかカラオケルームとか、他に安全な候補はいくらでもあったはずだ。

他人の目がある場所で、私と素直が同時に存在したことはない。今まで彼女と顔を合わせるのは、ほとんど自室に限られてのことだった。素直は私と一緒にいるところを、家族や他の誰にも見られないよう注意深く過ごしていたのに。

ふと、顔も名前も知らない誰かがこちらを見下ろす。心臓がひとつ跳ねた。

きっと、素直と見比べられる。気づかれてしまう。

そんな私の危惧を、しかし誰もが、楽しげに話しながらあっさりと通り過ぎていく。

「……？」

私は眉根を寄せる。何かがおかしかった。

一卵性双生児は、並んでいるだけでそれなりの注目を集める。まったく同じ顔、同じ背格好、同じ服を着ていれば尚更だ。

着物姿の素直がきれいだからか、ちらちらと振り返る人は何人かいるけれど、誰も不審がっている感じではない。

違う。そうじゃない。やっぱりおかしい。

どうして通りかかる人たちは誰ひとりとして、私とアキくんに目を向けないのだろう？

「愛川さん。そこに、いるの？」

横合いから聞こえた声に、私は身を震わせる。

砂利道を踏みしめて近づいてくるのは、ブーツを履いた佐藤さんだった。短い髪は鮮やかな花飾りで彩っている。着物は大きな梅柄が華やかな濃い紫色で、本人の凛とした印象を引き立てていた。

訝しげな顔のまま、素直が小さく頷く。佐藤さんは何かを探すようにきょろきょろしてから、次に真田くんのほうを向いた。

「真田くんは？」

ふぅ、と真田くんが息を吐く。ようやく訊いてもらえた、と言いたげに見えた。

「いるよ。ちゃんと呼んだけど、さっきから愛川にも分からないみたいで混乱してる」

「えっ、どこに呼んだの？　だってどこにも……」

素直はわけがわからない、というように首を捻っている。

三人の食い違ったやり取りを聞いているうちに、私は気づいた。

否、もうとっくに気づいているのだと認めなければならなかった。だから喉元に刃として突きつけられるより早く、自ら口にしていた。

「私、いないんだ」

素直とアキくんが、同時にこちらを向く。真田くんと佐藤さんは、無反応なままだ。

声が震えないよう祈りながら、私は繰り返す。

「今、真田くんや、佐藤さんや、他の人の世界に……私とアキくんは、いないんだね？」

いない。見えていない。

その言葉に、素直が表情を険しくする。

「……どういうこと?」

話題を察したのか、両手を合わせた佐藤さんが早口で言う。

「ごめん。愛川さんと真田くんに、目立つところでレプリカを呼んでみてほしいってお願いしたのはあたし。理由については内緒にしてたから、二人を責めないでね」

見当違いの方向を向きながら、佐藤さんは続けた。

「あたし自身も、昔レプリカがいたのに……ううん。いたからこそ、かな。レプリカの存在に、半信半疑の部分があったんだ」

そんな佐藤さんの言葉が、記憶と響き合う。私のじゃない、修学旅行中の素直の記憶だ。

素直が見て、聞いたこと。新しく知り、口にした推測。雪崩れ込んでくるような記憶の奔流に呑み込まれそうになりながら、私は必死に足を踏ん張る。

物語のページをめくるように、どうにか読み取ろうとする。ポッキーみたいな千本鳥居。男子からの告白の言葉。涙に濡れた視界。コーンポタージュ缶……。

「イマジナリーフレンドとか、解離性同一性障害とか。今の愛川さんや真田くんを言い表すのにいろんな言葉があるかもしれないけど、どれもしっくり来なくてね」

佐藤さんが素直に向き合う。

「愛川さん、芥川龍之介の『歯車』って読んだことある？」

「……ないけど」

「うん、だよね」

真顔で頷く佐藤さん。ばかにされたと思ったのか、素直はむっとしていた。

「でも、あたしに『走れメロス』を薦めてくれた文芸部のナオさんなら読んだことがあるんじゃないかな。どう？」

私は何かを念じるようにゆっくりと頷いたけれど、佐藤さんはあらぬ方向を向いたままだった。虚空に向かって彼女が続ける言葉は、私が思いだすものと似通っている。

『歯車』は、芥川龍之介晩年の作品である。芥川自身をモデルにしたとされる主人公の「僕」は、知人の結婚披露宴に出席するために出かけ、レエン・コオトを着た幽霊の話を聞く。それから「僕」は何度もレエン・コオトを着た男の姿を目にし、義兄がレエン・コオトを引っかけて轢死したと聞いたことで、それが自身の死を暗示するものではないかと怯える……。

そして作中では、こんな不気味な話が語られるのだ。


第二の僕、——独逸人のいわゆるDoppelgaengerは仕合せにも僕自身に見えたことはなかった。しかし亜米利加の映画俳優になったK君の夫人は第二の僕を帝劇の廊下に見かけていた。（僕は突然K君の夫人に「先達はつい御挨拶もしませんで」と言われ、当惑したことを覚えている。）それからもう故人になった或隻脚の飜訳家もやはり銀座の或煙草屋に第二の僕を見かけていた。

「何が言いたいかっていうと、ドッペルゲンガーを見たっていう目撃者は、それと同時に本物を見てないのよね。世界的には例外もあるんだけど、それも今さら本当の話か判断がつかないから」

その場の全員が、目をしばたたかせる。代表するように真田くんが口を開いた。

「それは、当たり前じゃないのか？　そこに本物がいるはずがないから、ドッペルゲンガーだって騒がれるわけだろ」

「でも、そこにいたのがひとりなら、そのとき目撃したのがどっちだったかは分からないよね？　何かがおかしいぞってなるのは後日、本物に確認したあとのことじゃない」

「……それは」

「レプリカが学校に通っているとき、本当に愛川さんと真田くんは家にいたの？」

私は、佐藤さんのまっすぐな目を、おそろしいと思った。

貫かれている素直と真田くんは、どれほど緊張したことだろう。着物に着慣れていないというだけでなく、二人の上半身は強張っているように見えた。

「第三者が、二人を見ていた？　観測していた？　日中は知り合いに見られると困るから、二人とも外にはまったく出てなかったんだよね？」

まくし立てるように次々と放ってくれたなら、まだ良かった。

でも佐藤さんはあくまで冷静だった。指折り数えていくように眼前に並べられていく疑問の数々に、誰も口を挟めずにいる。

「早瀬先輩とのバスケ対決のあと、四人で電話越しに話をしたんだってね。愛川さんと真田くんは家にいて、ナオさんとアキくんは体育館にいた。でもお互いに、それらしい声を聞いていただけで……本当に電話先にいるのが誰なのかは、観測してないわけだよね」

素直と私は今まで一度も、一緒にいるところを誰かに見られたことがない。佐藤さんの言葉を借りれば、誰の目にも、同時に観測されていない。

九月中旬、私とアキくんは一緒に映画館に行った。同時刻、素直はりっちゃんと食事をしていた。

でも、あのときも同じだ。りっちゃんは私と素直が並んでいるところを、その目で見たわけではなかった。

「それなら、待って。真田が昨日話してた前生徒会長の件はどうなるの？」

額に脂汗をにじませた素直が、挑むように鋭い目で佐藤さんを見つめる。

「母親は二人の娘を見てパニックになって、父親はひとりの娘を祖父母のところに預けることにした。それなら二人は両親によって同時に認識されてる、そういうことになるでしょ」

頬を赤くして主張する素直は、私を庇っているみたいだった。

これを受けても、佐藤さんはまったく揺らがない。

「もりりん会長の話ね。聞いたときにさ、ちょっと違和感あったの。自分が手を繋いでる子どもと同じ顔をした子どもがいたとして、パニックに陥って、体調を崩して……なんてこと、あるの？」

今まで疑問すら抱いていなかったことを、佐藤さんは冷静に突く。

「いや、本人から話を聞いたわけじゃなし、あり得ないは言いすぎかもしれないけど。現状を踏まえれば、もっと分かりやすい解釈があるでしょ。……そのときのお母さんには、リョウ先輩が見えてなかったんじゃないかな」

「見えてなかった？」

呟く私の声は、佐藤さんには届かない。

私は重い頭を動かして、お母さんの気持ちに沿って考えようとする。すずみという名前の娘を持つお母さん。彼女に思いを馳せれば、そこには自然と、素直のお母さんの面影が重なっていく。

「演劇発表会に向かう朝。後ろから五歳のもりりん会長が追いかけてきて、こう言うの」

ごめんね、ドッペルちゃん。わたし、やっぱりお母さんと幼稚園行く。ちゃんと演劇発表会に出て、継母やる。だからドッペルちゃんは、お家で待っててくれる？

繋いでいた手の感触は、いつの間にかなくなっている。そこにいたはずの娘は消えていて、代わりに息を切らした娘が、どこかを見て喋っている。

何が起きているのか、すぐには理解できない。この子は何を言っているのだろう。何をそんなに一生懸命に話しているのだろう。

よくよく見ればその視線の先には、何かを握る形をした自分の右手が浮かんでいる。小さな温もりの残る、右手だけが。

すずみ、どうしたの。ドッペルちゃんって誰？　そう問いかけると、娘は信じられないというように目を見開く。今も、ママの隣にいるでしょ？　わたしと同じ顔の女の子。そこに、いるじゃない。

おそろしさに身体が震える。娘が、おかしくなってしまった。

この子には、何か奇妙なものが見えている。見えるはずのないものが見えてしまっている。泣きながら夫に連絡し、なんとか仕事先から戻ってきてもらう。

夫は困惑しながら、泣きながら主張する娘の言葉を信じる演技をする。そこにいるね、確かにもうひとりいるね、と頷きながら、目に見えない何かを誘導して車の助手席に乗せる。そうして泣き続ける子どもに伝わるように、嚙んで含めるように言い聞かせる。

これからはね、すずみとドッペルちゃんは一緒にはいられないんだ。でもお父さんが、責任を持っておばあちゃんたちのところに預けてくる。だから安心して待ってなさい。お母さんの傍についていてあげなさい。分かったね。

車に乗って走りだした夫は、間もなく警告音を耳にする。シートベルト未着用の旨を知らせる耳障りな音。先ほどまで何もなかった助手席には、娘と同じ容貌の娘が乗っていたのだ。

「……なんて、ほとんど妄想の域だけど。でも、あながち間違ってないと思うの」

すずみ先輩にとっても、リョウ先輩にとっても、五歳の頃の出来事なのだ。前後の混乱もあっただろうし、正確に物事を把握していたわけではない。お母さんは見えない振りをしたがっているのだと、思い込んでしまったのかもしれない。

すずみ先輩のお母さんは、リョウ先輩のことを視界に入れるのもいやがって、バケモノ扱いした。そうリョウ先輩は捉えていたけれど、それも勘違いだったのではないか。単にお母さんの目に、すずみ先輩とリョウ先輩が同時に認識できなかっただけだったのだ。

あなたは、そのためにあの日、何もないところから生まれてきたのかもしれない。

今年の八月、富士宮にやって来たすずみ先輩のお母さんが、リョウ先輩に向けた言葉。

今思えば、どこか違和感のある言い回しだ。リョウ先輩を生んだのは、確かにすずみ先輩であるはずなのに。

でも、彼女にとっては違ったのだ。

自分の目に見えない生き物を、人は、人とは呼ばない。

「……っていうのが、あたしの考え。オリジナルが自分のレプリカを認識できるのはごく自然なことで、その逆も同じ。レプリカ同士が認識し合えるのは、存在している層みたいなものが同じだから、じゃないかな。オリジナルがそこにいなければ、レプリカは一時的に層を移動して、オリジナルの肉体を借りることができる……んだと思う」

オリジナルとレプリカが、同時に他者に認識されることはない。そう結論づけた佐藤さんの話に、私は、相応の衝撃を受けているはずだった。

でもどこか、胸にすとんと落ちてくるものがある。

多恵子さんは息子から詳細を聞き、その仕組みについて最初から知っていたのだ。素直と私が一緒に生きていく道なんてないと、絶対にあり得ないのだと、多恵子さんには分かっていた。だから家に住まないかと提案してくれた。

早瀬先輩によって私が線路に突き落とされたときも、そう。血の痕も死体も残らなかったのは、素直から一時的に借り受けていた肉体があの瞬間、用宗の自室へと戻っていったから。

他者によって事象を観測されなければ、死んだことにはならない。死を実感した私自身が、耐えがたいほどの激痛を感じていたとしても。

考えてみれば、当たり前のことだった。考えるまでもなく当たり前すぎて、私は目を逸らしていた。

愛川素直は、最初から、この世にたったひとりしか生まれていなくて。

世界が、人々が認識する愛川素直だって、もちろんひとりだけなのだ。

「…………」

口を開けて、閉める。意味のある言葉が出てこなかった。何かを言えたところで、それが聞こえるのは素直とアキくんだけなのだ。

地面に目をやる。不自然なくらい傾いた松の木の影や、でたらめに伸びた他人の影が、私の足元にいくつか重なっている。楽しげな話し声が、風に乗って響き渡る。

どんなに目を凝らしても、その中に私とアキくんの影はなかった。

世話焼きのウェンディがどんなにがんばって裁縫しようとしても、ピーター・パンのようにはなれない。そこに肉体がなければ、影があるはずもないのだ。

重い沈黙が満たす河川敷に、足音が近づいてくる。

「どしたよ、三人で変な顔して。なんかあった？」

「吉井くん……」

私はその名前を呼んだ。思った通り彼は、疲れきった私に見向きもしなかったけれど。

眉のあたりを曇らせた佐藤さんが、派手な赤い着物を着た吉井くんの裾を引っ張る。

「吉井。ちょっと、あたしとあっち行こ」

「うぇ？　なんで？　ま、まさか真田、抜け駆けで愛川さんに告白するつもりなんじゃ」

「いいからさっさと来るの！」

うひぃ、とおどけた感じに吉井くんが跳び上がってみせる。誰も少しも笑わないので、唇を尖らせつつ、河川敷を離れる佐藤さんについていく。

その場に残ったのは四人だった。

真田くんから離れて立ち尽くした素直は、真っ青な顔をしている。

「ごめん。こんなことになるなんて、思わなくて」

ううん、と私は首を横に振る。素直は何も悪くない。もちろん、レプリカの仕組みを解き明かしてくれた佐藤さんだってそうだ。

むしろ、私だった。謝罪しないといけないのは、素直じゃない。

「謝るのは私のほうだよ、素直」

私は呼びだされるたび、最新の素直の記憶を共有する。

佐藤さんや真田くんと話して、素直が知ったこと。気づいたこと。奇しくもそれは昨夜、望月先輩との会話によって、私とアキくんが思い至った内容と重なっていた。

オリジナルとレプリカが、他者に同時に認識されないこと。重要なのはそれだけではない。

私はあえて口角を上げて、明るい声で呼びかける。

「ねぇ、素直」

「……なに？」

「素直がなくした優しさ。私、どこに行ったか知ってるよ」

私はそっと、素直の手を取る。

冷たい手だったけれど、良かった、と思う。他の誰に見えなくたって、私は素直に触れられるし、温もりを分かち合うことだってできるのだ。

両手で引き寄せた手のひらを、私の胸のまんなかに当てる。素直は驚いたように身を竦ませたけれど、引っ込めたりはしなかった。

「私が、持ってたよ。素直。ここにあるよ、素直」

素直の大きな目の中で、切なげに光がたわむ。

きらきらと光る桂川の水面よりもまぶしい光が、私を見ている。

「ねぇ、素直。ここにあったよ」

あれは、夏の日のことだった。日本平動物園から帰ってきた日。

私を返して、と素直は言った。寄る辺のない声は震えていた。

なんにも取ってないと思っていた。そう信じていた。私は自分のものを、何一つとして持っていない。そう頑ななまでに思い込んでいたから。

でもそれは、大きな勘違いだった。

素直だけは覚えていたのだ。自分のあだ名を取られたこと。

胸のまんなかにあった大切な感情を、失ってしまったこと。

「私は素直から、本当に大切なものを奪ったんだね。名前を、優しさを、奪っていたんだね」

本当に、分かってみれば単純なことだった。

……友達と口喧嘩して、意固地になってしまった。謝りたいけれど、謝っても許してくれなかったらどうしよう。向き合うのがおそろしくて、部屋から一歩も出られなくなってしまう。

……暴力を振るってきた先輩がいる学校なんて、怖くて行けない。自室の隅で復讐劇に思いを馳せる。それでも先輩を殴る役割は、自分じゃできない。直接対峙するなんて以ての外だ。

……好きな男の子の前で、意地悪で嫌われ者の継母なんて演じたくない。かわいいお姫様ができないなら、せめて彼に呆れられないように、上手に演じなきゃ。継母にならなきゃ。

……友達を助けたいのに、保身を第一に考えてしまう。あの子みたいに爪弾きにされて、のけ者にされるなんていやだ。でも友達を救えない自分は、情けなくてもっといやだ。

……恋人に捨てられた。こんなろくでもない人生は終わりにしたい。目の前の海に飛び込んで、泡になって消えてしまいたい。とっとと死んでしまいたい。

私が生まれた日の話。

素直は、泣きながら助けてと言った。誰か私を助けて、って。

追い詰められた末に、素直は自分自身の一部を切り離してしまった。切実に唱えられた願いを歪んだ形で叶えたのが、レプリカの正体なのだ。

私がりっちゃんに謝れたのは、優しい素直だったから。

アキくんが早瀬先輩のいる学校に登校できたのは、勇気のある真田くんだったから。

リョウ先輩がかぐや姫を演じられたのは、表現力のあるすずみ先輩だったから。

佐藤さんのレプリカが友達を救えたのは、友情に厚い佐藤さんだったから。

アロイジアのレプリカが本物を海に突き落とせたのは、死にたがりのアロイジアだったから。

人はしばしば、相反する二つの感情を抱えることがある。たとえば友達と遊びに行く約束をしたけれど、起きたらなんとなく面倒になっている。その気持ちが大きくなると、ドタキャンしようかな、と悪魔の囁きが聞こえてくる。

そんなとき、何もないところからではなく、自分の一部を切り離す。面倒だと思う自分じゃなくて、外に飛びだしたくて仕方ない、内側にあった小さな自分だけを。

レプリカは、オリジナルの中にある感情を奪って生まれる。それを原動力に動くから、オリジナルとはまったく別の行動を起こすことができる。

私は素直の中に確かにあった、温かな優しさを奪って生まれてきた。アキくんもまた、真田くんの中にあったなけなしの勇気を奪ったのだ。

でも失ったものは戻ってこない。ぽっかりと空いた穴は血を噴き、埋まるどころか傷口は延々と広がり続けていく。

私たちは歪まされていて、最初からオリジナルとは決定的に違ってしまっている。そんなリョウ先輩の覚えた違和感は的を射たものだったが、正しくはなかった。

私たちが、オリジナルから変化していたわけじゃない。

リョウ先輩の言葉を借りるなら、少しずつ歪んでいったのは、私たちを生みだしたオリジナルのほうだったのだ。

いったい、獣でも人間でも、もとは何か他のものだったんだろう。初めはそれを憶えているが、しだいに忘れてしまい、初めから今の形のものだったと思い込んでいるのではないか？

『山月記』の李徴が少しずつ、自分が人間であったことを忘れていったように。

素直は優しさを、真田くんは勇気を忘れていく。最初からそんなものは持っていなかったように、徐々に喪失していく。

私は素直の手をそっと離した。目を向ければ、宵闇が迫る幻想的な橋の上を、影だけになった人々が通り過ぎていく。

果たしてこの中の、どれだけの人が覚えているのだろう。どれだけの人が、私は頭のてっぺんから足のつま先まで、生まれ落ちたときからこういう私だったのだと、自信を持って言えるのだろう。

心の中で問いかける。どこかに置き去りにしたレプリカのことは、忘れちゃった？

それともあなたは私と同じ、ひとつの感情から生まれたレプリカだったりする？

「奪ってた、っていうより……私が勝手に押しつけたっていうほうが、近いと思うけど」

自嘲するような素直の呟きに、私は緩く首を振る。素直もまた、目を細めて渡月橋を見つめている。

「……私ね。少しずつ、優しさを忘れていったような気がする。だからいっそう、ナオが羨ましかった。誰に対しても素直で、優しい。それならナオが愛川素直になればいいのに、って何度も思った。そしたら頭が痛くなって、お腹が痛くなって、なんにもがんばれなくなった。だめな自分に、どんどん慣れていっちゃった」

目の前の川の中に光る白い石が、素直の優しさだったとするなら……私はその石を喉奥に呑み込んだまま、川から上がってきてしまった。

呑み込んだ石は簡単には取りだせない。返せない。

アロイジアの場合は事情が違う。彼女のレプリカは死にたい気持ちを抱えていたからこそ、生まれて間もなく、ひとりで海に消えていったのだ。

死の淵をさまよったアロイジアは、自殺願望もレプリカの存在も、きれいに忘れてしまったのだろう。こうして『帰ってきた人魚姫』という、現代のドッペルゲンガー伝説が成立した。

同じ方法では優しさは取り戻せない。だとしたら、どうすればいいのか。

思いつく方法はひとつだけある。つい先ほど、手掛かりになる体験をこの身で味わったばかりだ。

確証はなかったけれど、私にはそれが正解だという確信があった。それ以外には考えられないとすら思っていた。

「私が素直に吸収されれば、奪ったものは元に戻るんだと思う」

またレプリカとして呼ぶために、一時的に収納するのでは足りない。

素直に抱きしめられること。そうすれば私は、素直の中に吸収されていく。

時間はかかるかもしれないが、二つに分かたれた魂はひとつに戻っていくだろう。これが、奪った優しさを素直に返し、元通りにするための手順だ。

すべてを知った私は、覚悟を決めていた。いつだって命じるのは素直の権利だ。多くのことが分かった今なら、尚更だった。

「ナオ」

素直が、私を呼ぶ。

自分のものだった名前で私を呼んで、言う。

「好きなほうを選んでいいよ、ナオが」

「……え？」

渡月橋に、強い風が吹く。

ピンでしっかり留められた後ろ髪はびくともしなかったけれど、乱れた前髪の合間から、私は瞬きもせずに彼女を見つめていた。

硬く張り詰めているかに思えた素直の顔は、晴れ晴れとしていた。どこまでも穏やかに、夕暮れの中で微笑んでいた。

今の素直は、なんてきれいで、まぶしいのだろう。

その表情は次第に、私とシュークリームを半分こにしていた頃の素直と重なっていく。口元にクリームをつけた私に呆れたように笑って、指を伸ばして拭ってくれた幼い素直と、同じ温度のものだった。

私に、選択を押しつけているのではない。責任を突きつけているわけでもない。

私の意思を尊重して、任せようとしている。

誰よりも優しい頃の素直の輪郭を、必死になぞろうとする素直が、そこにいたから。

「ナオが決めて、いいんだよ。ナオとして生きていくか。それとも……私の中に戻ってくるか」

私の喉が、震える。

込み上げる思いで、息が詰まる。言葉にならない気持ちが溢れてきて、溺れそうになる。いちど、ぎゅっと唇を噛み締めて、私はなんとか呼吸を整えた。

息を吸う。吐く。
素直は急かすこともなく、待っていてくれる。だから焦ることはない。
それに自分の中の答えは、最初から決まっていた。
私は素直の目を見て、答える。

「素直。私は、…………」

あとがき

レプリカとは、なんなのか。

3巻はその謎に焦点が当てられ、解き明かされていく巻となります。

ただ、わたし自身はこの点を謎として捉えたことは一度もありませんでした。日常に潜むささやかなファンタジーやミステリーには、いつだって胸がときめきます。『レプリカだって、恋をする。』に関しても、それぞれ読んでくださった方に想像を膨らませていただければじゅうぶんだと思っておりました。

しかし3巻の打ち合わせ時、担当編集様に「1巻から一貫して（1巻だけに）描いてきたのは、実はこういうことなんです」とお話ししたら、「そういうことだったんですか」とかなり驚いていらっしゃいました。

ダジャレがつまらなすぎて驚かれたのではないはずです。その反応を踏まえて、3巻の内容は自ずと決まってきたところがあります。

もしも本作が推理小説であり、1巻が出題編であるとするなら、2巻で分かりやすくヒントが明示され、3巻は解答編と言い換えることもできそうです。帯には「1巻からのすべてが伏線！」と大きく書いてもらうやつです。

だからといって、決して身構える必要はありません。

今巻で綴られるのは立冬の物語。学生にとって一大イベントな修学旅行は互い違いに、共鳴しながら展開していきます。

ナオと素直。アキと秋也。りっちゃんや望月先輩にもそれぞれの喜びがあり、青春があり、悩みがあり、戦いがあります。

胸に秘めてきた思いがあったり、年相応に不器用だったり、ときには大人よりずっと大人びた顔をする……わたしは、そんな彼女たちみんなのことが愛おしいです。読者の皆様にも好きになっていただけていたら、この上なく嬉しく思います。

ちなみに当初、スルセイの修学旅行先は沖縄を想定していたのですが、担当様より「沖縄だとパリピ感が出てしまう気がする」と苦言を呈されておりました。書き終えた今、「京都で良かった！」としみじみ感じております。青い空と海、白い砂浜……うん、吉井ははしゃいでおりますが、素直の心境とまったく噛み合いません（笑）

京都には8月上旬頃、取材旅行に行ってまいりました。

なんと日中の気温は37度超え！「冬、今は冬……」と自分に言い聞かせながらの京都旅行、汗だくになりながら神社仏閣を巡りました。とっても楽しかったです。

ここで大切なお知らせです。花田ももせ様によるコミカライズ第1巻が、電撃コミックスＮＥＸＴより発売されております。

全ページのナオがかわいい。本当にかわいいです。爽やかな恋愛物語でありつつ、ジェットコースターのように感情を揺さぶられる漫画に仕上げていただきました。ぜひご堪能ください。

それでは謝辞に移らせていただきます。

担当編集様。今回も（主に締切関連で）大変なご迷惑をおかけしました。いつも的確なアドバイスをくださり、ありがとうございます。頼りにしております。

イラストレーターのｒａｅｍｚ様。今巻のカバーイラストでは、星空を反射する夜の海にて、変化していくナオと素直の関係を表現いただきました。

1巻と対になる見事な構図、美しさと切なさに胸を打たれました。本当に素敵なイラストをありがとうございます！（カバーイラストには他にも多数の仕掛けがありますので、ぜひ見つけてみてくださいね）

そしてこの本をお手に取ってくださったあなたに、最大級の感謝を込めて。

前述の通り「レプリカとは、なんなのか」は、わたしにとって謎ではありませんでした。それには理由があります。

子どもの頃、ふとした折に、自分には人間として必要な何かが足りていない、欠落しているんじゃないかというような不安が、何度も何度も、胸をよぎることがありました。

大人になったら、こんな悩みはあっさり消えてしまうのだろうと、そんなふうに思っておりました。残念ながらというべきか、大人と呼ばれるべき年齢になった今も危惧は消えず、事あるごとにわたしを苛みます。

わたしは本物じゃない、とナオも素直も口にします。本物ってなんだろう、とわたしもずっと考えています。あなたにとっては、いかがでしょうか。

同じような気持ちを抱いたことがある方も、ない方も。

ナオの答えの続きを、一緒に聞きに行ってみませんか。

二〇二三年十月　榛名丼

引用文献

■本書一一六頁 一二〜一五行目
《ところが そのとき、もう やってきたのが おおきいやぎの がらがらどん。
がたん、ごとん、がたん、ごとん、
がたん、ごとん、がたん、ごとん と、はしが なりました。
あんまり やぎが おもいので、はしが きしんだり うなったりしたのです。》
↓マーシャ・ブラウン 瀬田貞二訳『三びきのやぎのがらがらどん』(福音館書店、一九六五年) 一三一刷 一二頁

■本書二四六頁 一五行目〜二四七頁 二行目
《第二の僕、——独逸人のいわゆるDoppelgaengerは仕合せにも僕自身に見えたことはなかった。しかし亜米利加の映画俳優になったK君の夫人は第二の僕を帝劇の廊下に見かけていた。(僕は突然K君の夫人に「先達はつい御挨拶もしませんで」と言われ、当惑したことを覚えている。)それからもう故人になった或隻脚の飜訳家もやはり銀座の或煙草屋に第二の僕を見かけていた。》

↓芥川龍之介『歯車 他二篇』岩波文庫（岩波書店、一九五七年）五八刷　六八頁

■本書二五九頁　八〜九行目

《いったい、獣でも人間でも、もとは何か他のものだったんだろう。初めはそれを憶えているが、しだいに忘れてしまい、初めから今の形のものだったと思い込んでいるのではないか？》

↓中島敦『李陵・山月記　弟子・名人伝』角川文庫（KADOKAWA、一九六八年）改版七六刷　一二二頁

レプリカだって、恋をする。
Even a replica
falls in love
漫画 花田ももせ
原作 榛名丼
キャラクターデザイン raemz

◉榛名丼著作リスト

「レプリカだって、恋をする。」（電撃文庫）
「レプリカだって、恋をする。2」（同）
「レプリカだって、恋をする。3」（同）

本書に対するご意見、ご感想をお寄せください。

ファンレターあて先
〒102-8177　東京都千代田区富士見2-13-3
電撃文庫編集部
「榛名井先生」係
「raemz先生」係

本書は書き下ろしです。

電撃文庫

レプリカだって、恋(こい)をする。3

棒名丼(はるなどん)

2023年12月10日　初版発行

発行者	山下直久
発行	株式会社KADOKAWA 〒102-8177　東京都千代田区富士見2-13-3 0570-002-301（ナビダイヤル）
装丁者	荻窪裕司（META＋MANIERA）
印刷	株式会社暁印刷
製本	株式会社暁印刷

●お問い合わせ
https://www.kadokawa.co.jp/（「お問い合わせ」へお進みください）
※内容によっては、お答えできない場合があります。
※サポートは日本国内のみとさせていただきます。
※ Japanese text only

※定価はカバーに表示してあります。

ISBN978-4-04-915343-9　C0193　Printed in Japan

電撃文庫　https://dengekibunko.jp/

電撃文庫DIGEST　12月の新刊　発売日2023年12月8日

続・魔法科高校の劣等生 **メイジアン・カンパニー⑦** 著／佐島 勤　イラスト／石田可奈	シャンバラ探索から帰国した達也達。USNAに眠る大量破壊魔法[天罰業火]を封印するため、再度旅立とうとする達也に対し四葉真夜は出国を許可しない。その裏には、四葉家の裏のスポンサー東道青波の思惑が——。
創約　とある魔術の禁書目録(インデックス)⑨ 著／鎌池和馬　イラスト／はいむらきよたか	魔神も超絶者も超能力者も魔術師も。全てを超える存在、CRC（クリスチャン＝ローゼンクロイツ）。その『退屈しのぎ』の恐るべき前進は、誰にも止められない。唯一、上条当麻を除いて——！
ソードアート・オンライン オルタナティブ ミステリ・ラビリンス 迷宮館の殺人 著／紺野天龍　イラスト／遠田志帆　原作／川原 礫　原作イラスト／abec	かつてログアウト不可となっていたＶＲＭＭＯ《ソードアート・オンライン》の中で人知れず遂行された連続殺人。その記録を偶然知った自称探偵の少女スピカと助手の俺は、事件があったというダンジョンを訪れるが……
七つの魔剣が支配するXIII 著／宇野朴人　イラスト／ミユキルリア	呪者として目覚めたガイが剣花団を一時的に離れることになり、メンバーに動揺が走る。時を同じくして、研究室選びの時期を迎えたオリバーたち。同級生の間での関係性も、徐々にそして確実に変化していて——
ネトゲの嫁は女の子じゃないと思った？　Lv.23 著／聴猫芝居　イラスト／Hisasi	アコとルシアンの幸せな結婚生活が始まると思った？　……残念！　そのためにはLAサービス終了前にやることがあるよね！　——最高のエンディングを、共に歩んできたアレイキャッツみんなで迎えよう！
声優ラジオのウラオモテ #09 夕陽とやすみは楽しみたい？ 著／二月 公　イラスト／さばみぞれ	成績が落ち、しばらく学生生活に専念することになった由美子。みんなで集まる勉強会に、わいわい楽しい文化祭の準備。でも、同時に声優としての自分がどこか遠くに行ってしまうようで——？
レプリカだって、恋をする。3 著／榛名丼　イラスト／raemz	素直が何を考えているか分からなくて、怖い。そんな思いを抱えながら、季節は冬に向かっていく。素直は修学旅行へ。私はアキくんと富士宮へ行くことになって——。それぞれの視点から描かれる、転機の第３巻。
あした、裸足でこい。4 著／岬 鷺宮　イラスト／Hiten	小惑星を見つけ、自分が未来を拓く姿を証明する。それが二斗の失踪を止める方法だと確信する巡。そのために天体観測イベントの試験に臨むが、なぜか真琴もついてくると言い出して……。
新作 **僕を振った教え子が、1週間ごとにデレてくるラブコメ** 著／田口一　イラスト／ゆが一	僕・若葉野瑛登は高校受験合格の日、塾の後輩・芽吹ひなたに振られたんだ。そんな僕はなぜか今、ひなたの家庭教師になっている——なんで！？　絶対に恋しちゃいけない教え子との、ちょっと不器用なラブコメ開幕！
新作 **どうせ、この夏は終わる** 著／野宮 有　イラスト／びねつ	「そういや、これが最後の夏になるかもしれないんだよな」夢も希望も青春も全て無意味になった世界で、それでも僕らは最後の夏を駆け抜ける。　どうせ終わる世界で繰り広げられる、少年少女のひと夏の物語。
新作 **双子探偵ムツキの先廻り** 著／ひたき　イラスト／桑島黎音	探偵あるところに事件あり。華麗なる探偵一族『睦月家』の生き残りである双子は、名探偵の祖父から事件を呼び寄せる体質を受け継いでいた！　でもご安心を、先回りで解決しておきました。
新作 **いつもは真面目な委員長だけどキミの彼女になれるかな？** 著／コイル　イラスト／Nardack	繁華街で助けたギャルの正体は、クラス委員長の吉野さんだった。「優等生って疲れるから、たまに素の自分に戻ってるんだ」　実は明るくてちょっと子供っぽい。互いにだけ素顔を見せあえる、秘密の友達関係が始まる！

卒業から始まる、青春やり直しラブストーリー。

電撃文庫

初恋のリベンジを誓う同級生
主人公の成長だけ止まったまま、
7年経ったら――？
年上の美人教師
もう、あの頃の
3人の関係には
戻れない。
著／葉月 文
イラスト／U35
さんかくのアステリズム
Summer Triangle
俺を置いて大人になった幼馴染の代わりに、
隣にいるのは同い年になった妹分
電撃文庫